Patricia Highsmith

Os gatos

Tradução de PETRUCIA FINKLER

www.lpm.com.br

L&PM POCKET

Coleção **L&PM** POCKET, vol. 955

Texto de acordo com a nova ortografia.

Título original: "What the Cat Dragged In", "Ming's Biggest Prey", "The Empty Birdhouse"; "Kitten", "Cat", "Old Cat"; "On Cats and Lifestyle".

Primeira edição na Coleção **L&PM** POCKET: setembro de 2011
Esta reimpressão: abril de 2024

Tradução: Petrucia Finkler (O conto "A maior presa de Ming" foi traduzido por Pedro Gonzaga)
Capa: Ivan Pinheiro Machado. *Ilustração*: Patricia Highsmith
Preparação: Bianca Pasqualini
Revisão: Ana Maria Montardo

CIP-Brasil. Catalogação na Fonte
Sindicato Nacional dos Editores de Livros, RJ

H541g

Highsmith, Patricia, 1921-1995
 Os gatos / [texto e ilustrações] Patricia Highsmith; tradução de Petrucia Finkler. – Porto Alegre, RS: L&PM, 2024.
 120p. : il. – (Coleção L&PM POCKET; v. 955)

 Tradução de: "What the Cat Dragged In", "Ming's Biggest Prey", "The Empty Birdhouse"; "Kitten", "Cat", "Old Cat"; "On Cats and Lifestyle"
 ISBN 978-85-254-2301-6

 1. Conto americano. 2. Poesia americana. I. Finkler, Petrucia. II. Título. III. Série.

11-2185.   CDD: 813
                  CDU: 821.111(73)-3

© 2005 by Diogenes Verlag AG Zürich. Todos os direitos reservados.
(O livro não pode ser comercializado em Portugal)

Todos os direitos desta edição reservados a L&PM Editores
Rua Comendador Coruja, 314, loja 9 – Floresta – 90.220-180
Porto Alegre – RS – Brasil / Fone: 51.3225.5777 – Fax: 51.3221.5380

PEDIDOS & DEPTO. COMERCIAL: vendas@lpm.com.br
FALE CONOSCO: info@lpm.com.br
www.lpm.com.br

Impresso no Brasil
Outono de 2024

Patricia Highsmith
(1921-1995)

Patricia Highsmith nasceu em Forth Worth, no estado americano do Texas, em 1921. Teve uma infância triste: seus pais separaram-se dias antes do seu nascimento, e Patricia teve relacionamentos complicados com a mãe e o padrasto. Desde pequena cultivou o hábito de escrever diários, nos quais fantasiava sobre pessoas (como seus vizinhos) que teriam problemas psicológicos e instintos homicidas por trás de uma aparência de normalidade – tema que seria amplamente explorado em sua obra. Recebeu uma educação refinada, tendo estudado latim, grego e francês, e passou grande parte da vida adulta na Suíça e na França. Seu primeiro romance, *Strangers on a Train*, publicado originalmente em 1950, tornou-se um êxito comercial e foi adaptado ao cinema por Alfred Hitchcock no ano seguinte (o filme foi lançado no Brasil como *Pacto sinistro*). A autora foi desde cedo aclamada pelo público europeu, mas o sucesso em sua terra natal tardaria a chegar.

Seu próximo trabalho, o romance *The Price of Salt* (*Carol*, **L&PM** POCKET, 2006), foi recusado pelo editor norte-americano por colocar em cena o relacionamento homossexual entre duas mulheres. O livro foi publicado em 1953, sob o pseudônimo de Claire Morgan, e obteve enorme sucesso. A mais célebre criação ficcional de Patricia Highsmith, Tom Ripley – o ambíguo sociopata –, debutou em 1955, em *The Talented Mr. Ripley*, e protagonizaria outros quatro romances. A adaptação cinematográfica feita postumamente, em 1999, sob o título de *O talentoso Ripley*, colaborou para que a autora fosse redescoberta nos Estados Unidos.

Os livros de Highsmith fogem a classificações e a esquemas tradicionais do romance policial clássico: o que acaba por fascinar seus leitores é menos o mistério a ser resolvido do que a profundidade (e perturbação) psicológica com a qual a escritora dota seus personagens. Diferentemente do romance policial clássico, a noção de justiça praticamente inexiste em sua obra.

Autora de mais de vinte livros, Highsmith recebeu várias distinções, entre elas o prêmio O. Henry Memorial, o Edgar Allan Poe, Le Grand Prix de Littérature Policière e o prêmio da Crime Writer's Association da Grã-Bretanha. Ela morreu na Suíça, em 4 de fevereiro de 1995.

Livros da autora publicados pela **L&PM** EDITORES:

Carol (**L&PM** POCKET)
Os gatos (**L&PM** POCKET)
O livro das feras (**L&PM** POCKET)
Um jogo para os vivos

Sumário

Três histórias

    Presentinho de gato 9
    A maior presa de Ming 52
    A casa de passarinhos vazia 74

Três poemas

    Kitten 104
    O filhote 105

    Cat 106
    O gato 107

    Old Cat 108
    O gato velho 109

Um ensaio

    Sobre gatos e estilos de vida 113

Três histórias

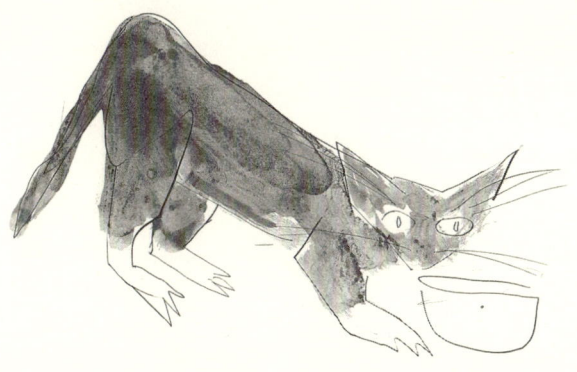

Presentinho de gato

Uns poucos segundos de silêncio reflexivo no jogo de palavras cruzadas foram interrompidos pelo ruído do plástico da portinhola do gato: Portland Bill estava entrando de novo. Ninguém deu a mínima atenção. Michael e Gladys Herbert estavam na frente, Gladys se saindo um pouco melhor que o marido. Os Herbert jogavam palavras cruzadas com frequência e eram afiadíssimos. O coronel Edward Phelps – vizinho e amigo próximo – estava sofrendo para acompanhá-los, e Phyllis, a sobrinha americana do coronel, de dezenove anos, estava indo bem, mas tinha perdido o interesse nos últimos dez minutos. Logo seria a hora do chá. O coronel estava com sono e não conseguia disfarçar.

– "Mote" – pensou alto o coronel, pressionando o dedo indicador contra o bigode estilo Kipling. – Que pena, eu estava pensando em *terremoto*.

– Se você tem *mote*, tio Eddie, como iria tirar *moto* daí? – disse Phyllis.

O gato fez outro ruído, mais contínuo, na portinhola, e agora com o rabo preto e o traseiro tigrado dentro de casa, ele andava de ré e puxava algo pela abertura oval. O que ele arrastara para dentro parecia ser esbranquiçado e ter quinze centímetros de comprimento.

– Pegou outro passarinho – falou Michael, impaciente para que Eddie jogasse, pois assim ele poderia fazer uma jogada brilhante antes que alguém se adiantasse.

– Está com cara de ser outra pata de ganso. Ui! – disse Gladys, olhando de relance.

O coronel finalmente jogou, acrescentou um F a OSSA. Michael jogou, causando um suspiro de admiração em Phyllis, pois EOS ele colou em GEM, e do O ele fez RAIO.

Portland Bill arremessou seu troféu no ar, e ele caiu no carpete com um ruído surdo.

– Pomba *bem* morta essa – asseverou o coronel, que estava próximo do gato, mas cuja visão não era das melhores. – Nabo – ele disse, explicando a Phyllis. – Couve-nabo. Ou alguma cenoura com formato estranho.

Ele acrescentou, espiando e depois, rindo:

– Já vi cenouras com as formas mais fantásticas. Vi uma vez...

– É branco – disse Phyllis, levantando-se para investigar, já que Gladys tinha que jogar antes dela.

Phyllis, de suéter e calça social, abaixou-se com as mãos sobre os joelhos.

– Meu Jesu... Ai! Tio Eddie!

Ela se ergueu e tapou a boca com a mão como se tivesse dito algo horroroso.

Michael Herbert havia começado a se levantar da cadeira.

– O que é que há?

– São dedos *humanos*! Olhem! – exclamou Phyllis.

Todos olharam, saindo devagar, incrédulos, da mesa de jogo. O gato olhou orgulhoso para o rosto dos quatro humanos embasbacados. Gladys prendeu a respiração.

Os dois dedos eram de um branco mórbido e estavam inchados, não havia um sinal sequer de sangue, nem mesmo na base, que incluía alguns centímetros do que teria sido a mão. O que denunciava o objeto, inequivocamente, como sendo o terceiro e quarto dedos de uma mão humana, eram as duas unhas – amareladas e curtas, parecendo bem menores por causa da carne inchada.

– O que devemos fazer, Michael?

Gladys era prática, mas gostava de deixar o marido tomar as decisões.

– Isso aí está morto há umas duas semanas pelo menos – murmurou o coronel, que tinha alguma experiência em guerras.

– Será que pode ter vindo de algum hospital perto daqui? – perguntou Phyllis.

– Um hospital amputando desse jeito? – respondeu o tio, rindo.

– O hospital mais próximo fica a uns trinta quilômetros – disse Gladys.

– Não devemos deixar que a Edna veja isso – Michael consultou o relógio. – Eu acho que nós...

– Quem sabe chamamos a polícia? – sugeriu Gladys.

– Eu estava pensando nisso. Eu...

A hesitação de Michael foi interrompida por Edna, a arrumadeira e cozinheira, que deu um encontrão naquele instante contra uma porta num canto ao fundo da enorme sala de estar. A bandeja de chá havia chegado. Os outros discretamente se dirigiram para a mesa baixa em frente à lareira, enquanto Michael Herbert permanecia de pé com um ar despreocupado. Os dedos estavam bem atrás dos sapatos dele. Michael puxou um cachimbo do bolso do paletó e ficou mexendo, soprando dentro da haste. Suas mãos tremiam um pouco. Ele espantou Portland Bill dali com o pé.

Edna finalmente distribuiu os pratos e guardanapos e declarou:

– Um bom chá para vocês!

Ela era dali mesmo, uma mulher dos seus cinquenta anos, uma alma de confiança, mas com boa parte da mente ocupada pelos filhos e netos. "Graças a Deus, dadas as circunstâncias", pensou Michael.

Edna chegava às sete e meia da manhã, de bicicleta, e saía quando quisesse, contanto que houvesse algo em casa para o jantar. Os Herbert não eram nada frescos.

Gladys olhava ansiosa para Michael.

– Saia *já* daí, Bill!

– Temos que fazer algo com esse negócio por enquanto – resmungou Michael.

Determinado, ele foi até o cesto de jornais ao lado da lareira, arrancou uma página do *The Times* e retornou até os dedos, que Portland Bill estava pronto para pegar outra vez. Michael ganhou do gato, agarrando os dedos com a mão protegida pelo jornal. Os outros ainda não haviam se acomodado. Michael fez um gesto para que sentassem e, envolvendo os dedos, enrolou e dobrou o jornal.

– A coisa certa a fazer, eu acho – disse Michael –, é avisar a polícia, pois pode ser que tenha ocorrido... um crime em algum lugar.

– Ou pode ser que tenham caído – começou o coronel, estendendo um guardanapo – de uma ambulância ou de um carregamento de lixo, sabe? Pode ser que tenha acontecido um acidente em algum lugar.

– Ou a gente simplesmente deixa como está, e se livra desse negócio – disse Gladys. – Preciso de um pouco de chá.

Ela serviu-se e começou a beber o chá.

Ninguém tinha uma resposta para aquela sugestão. Era como se os outros três estivessem aturdidos, ou hipnotizados pela presença uns dos outros, vagamente à espera de uma resposta de alguém que não chegava.

– Se livrar onde? Na lixeira? – perguntou Phyllis. – *Enterrar...* – continuou, como que respondendo à própria pergunta.

– Não acho que seria correto – ponderou Michael.

– Michael, tome um pouco de chá – sugeriu a esposa.

Michael ainda segurava a trouxinha.

– Temos de colocar isso em algum lugar, para passar a noite. A menos que a gente ligue para a polícia agora. Já são cinco da tarde e é domingo.

– Na Inglaterra faz diferença para a polícia se é domingo ou não? – perguntou Phyllis.

Michael foi até o armário, próximo à porta da frente, com a ideia de colocar a coisa no topo, ao lado de algumas caixas de guardar chapéu; mas foi seguido pelo gato, e Michael percebeu que, com alguma inspiração, o gato poderia saltar até o topo do armário.

– Tenho o que precisamos, eu acho – anunciou o coronel, satisfeito com a própria ideia, mas com um ar calmo, para caso Edna fizesse uma segunda aparição. – Comprei uns chinelos ontem mesmo na High Street e guardei a caixa. Vou buscá-la, se vocês me permitirem. Ele saiu em direção às escadas, então voltou-se, e disse em tom suave:

– Vamos amarrar um cordão ao redor disso. Para manter a salvo do gato.

O coronel subiu as escadas.

– E guardar no quarto de quem? – perguntou Phyllis, com um risinho nervoso.

Os Herbert não responderam. Michael, ainda de pé, segurava o objeto na mão direita. Portland Bill estava sentado com as patas brancas posteriores bem juntinhas, observando Michael, esperando para ver o que ele faria com aquilo.

O coronel Phelps desceu com uma caixa de sapatos branca de papelão. A trouxinha entrou com facilidade, e Michael deixou o coronel segurando a caixa enquanto foi lavar as mãos no lavabo próximo à entrada. Quando Michael retornou, Portland Bill ainda rondava e emitiu um "miaau?", cheio de esperança.

– Vamos guardar no aparador por agora – concluiu Michael, tirando a caixa das mãos de Eddie.

Ao menos a caixa parecia relativamente limpa, e a colocou ao lado de uma pilha de pratos grandes de jantar, quase nunca utilizados, então fechou a porta do armário, que tinha uma chave.

Phyllis mordeu um biscoito salgado e disse:

– Percebi uma dobra em um dos dedos. Se houver um anel ali, pode nos dar uma pista.

Michael trocou um olhar com Eddie, que assentiu de forma discreta. Todos tinham percebido a dobra. Tacitamente, os homens decidiram cuidar disso mais tarde.

– Mais chá, querida? – ofereceu Gladys.

Ela encheu a xícara de Phyllis.

– Miaum – disse o gato, num tom desapontado.

Ele agora estava sentado de frente para o aparador, olhando por cima do ombro.

Michael mudou de assunto, para o progresso das reformas do coronel. A pintura dos quartos do primeiro andar era o principal motivo pelo qual o coronel e a sobrinha estavam ficando com os Herbert por algum tempo. Mas isso não despertava o menor interesse comparado à pergunta que Phyllis fez a Michael:

– Você não deveria perguntar se alguém da redondeza desapareceu? Aqueles dedos podem ser parte de um *assassinato*.

Gladys sacudiu a cabeça discretamente e não disse nada. Por que os americanos sempre pensavam em termos tão violentos? Entretanto, o que teria decepado uma mão daquela maneira? Uma explosão? Um machado?

Um barulho vigoroso de unhas fez Michael levantar.

– Bill, pare com isso!

Michael avançou em direção ao gato e o enxotou dali. Bill havia tentado abrir a porta do armário.

O chá terminou mais depressa do que o habitual. Michael ficou ao lado do aparador enquanto Edna tirava a mesa.

– Quando vai examinar o anel, tio Eddie? – perguntou Phyllis. Ela usava óculos de aro arredondado e era um tanto míope.

– Não sei se Michael e eu chegamos a decidir o que devemos fazer, minha querida – disse o tio.

– Vamos à biblioteca, Phyllis, você disse que queria olhar algumas fotografias – convidou Gladys.

Phyllis de fato havia dito aquilo. Eram fotografias da mãe de Phyllis e da casa onde a mãe havia nascido, a mesma onde tio Eddie agora morava. Ele era uns quinze anos mais velho que a mãe da moça. Agora Phyllis desejava não ter pedido para ver as fotografias, porque os homens iriam fazer alguma coisa com os *dedos*, e ela adoraria assistir. Afinal de contas, ela dissecava sapos e cações no laboratório de zoologia. Mas a mãe a havia recomendado, antes de deixar Nova York, que ficasse atenta a seus modos e não fosse "grosseira ou insensível" – os adjetivos usuais da sua mãe referindo-se aos americanos. Complacente, Phyllis sentou-se para olhar fotografias de quinze ou vinte anos atrás, pelo menos.

– Vamos levar para a garagem – disse Michael a Eddie –, lá eu tenho uma bancada de marcenaria.

Os dois seguiram pela trilha de cascalho até a garagem para dois carros onde, ao fundo, Michael tinha uma oficina com serras, martelos, formões e furadeiras elétricas; mais um estoque de madeira e ripas no caso de a casa precisar de reparos, ou de ele ter vontade de construir alguma coisa. Michael era jornalista freelance e crítico literário, mas gostava de trabalhos manuais. Na oficina, ele se sentia mais à vontade com a caixa horrorosa, por algum motivo. Podia descansá-la na bancada reforçada, como se ele fosse um cirurgião preparando um corpo, ou um cadáver.

– Que raios você pensa disso? – perguntou Michael enquanto desembrulhava os dedos, segurando o jornal por uma das laterais. Os dedos bateram na superfície gasta da madeira, desta vez com o lado da palma virado para cima. A carne esbranquiçada estava serrilhada onde fora cortada, e sob o forte facho de luz da lâmpada acima da bancada, eles podiam ver dois pedaços de metacarpos, também serrilhados, projetando-se da carne. Michael virou os dedos para cima, cutucando com a ponta de uma chave de fenda. Ele torceu a ponta da chave e afastou a carne o suficiente para ver o brilho dourado.

– Anel de ouro – disse Eddie. – Mas ele era um trabalhador braçal de algum tipo, não acha? Olhe as unhas. Curtas e grossas. Um pouco de terra ainda embaixo delas; em todo caso, sujas.

– Eu estava pensando: se formos avisar a polícia, não deveríamos deixar do jeito que está? Sem tentar examinar o anel?

– Você vai avisar a polícia? No que é que vai se meter? – perguntou Eddie com um sorriso enquanto acendia um charuto.

— Me meter? Vou dizer que o gato arrastou isso para dentro de casa. Por que é que alguma coisa iria me acontecer? Estou curioso sobre o anel. Poderia nos dar uma pista.

O coronel Phelps olhou para a porta da garagem, que Michael havia fechado mas não trancado. Ele também estava curioso sobre o anel. Eddie estava pensando que, se tivesse sido a mão de um homem de classe, àquela altura eles já a teriam entregado para a polícia.

— Há muitos trabalhadores rurais ainda por aqui? – considerou o coronel.

— Acredito que sim – Michael encolheu os ombros, nervoso. – O que você diz do anel?

— Vamos dar uma olhada.

O coronel tragava serenamente e examinava as ferramentas de Michael.

— Sei do que precisamos.

Michael apanhou o estilete que normalmente usava para cortar papelão, empurrou a lâmina para fora com o polegar e posicionou os próprios dedos na parte restante e esponjosa da palma. Fez um corte acima e depois abaixo de onde estava o anel.

Eddie Phelps inclinou-se para assistir.

— Sem sangue. Drenado. Bem como nos tempos da guerra.

"Apenas um pé de ganso", era o que Michael dizia a si mesmo para não desmaiar.

Michael repetiu os cortes na superfície acima dos dedos. Desejou perguntar a Eddie se ele não queria terminar o serviço, mas achou que seria uma covardia.

– Ai de mim – Eddie resmungou, não ajudando em nada.

Michael teve de cortar algumas tiras da carne, e então segurar firme com as duas mãos para arrancar a aliança de casamento. Com toda a certeza era uma aliança, de ouro puro e lisa, não muito grossa nem larga, mas adequada para um homem. Michael lavou-a na torneira de água fria do tanque ao seu lado. Quando a segurou próxima da luz, as seguintes iniciais ficaram legíveis: *W.R. – M.T.*

Eddie examinou minuciosamente.

– Agora sim, *aí* está uma pista!

Michael ouviu o gato arranhando a porta da garagem e em seguida um miado. A seguir, Michael depositou os três pedaços de carne que ele tinha cortado em um pano velho, embrulhou bem e disse a Eddie que voltaria em um minuto. Abriu a porta da garagem, desencorajou Bill com um *"pssit!"*, e enfiou o pano em uma lixeira com uma presilha impossível de ser aberta por um gato. Pensara ter um plano para propor a Eddie mas, quando retornou, Eddie estava novamente examinando a aliança, e Michael estava muito abalado para falar. Ele queria ter dito algo sobre conduzir uma "investigação discreta". Em vez disso, falou com uma voz vazia:

— Vamos encerrar por hoje, a menos que pensemos em algo brilhante à noite. Vamos deixar a caixa aqui. O gato não consegue entrar.

Michael não queria a caixa nem na bancada. Ele guardou a aliança junto com os dedos e pôs a caixa em cima de alguns galões de plástico que ficavam junto de uma parede. Até aquele dia, a oficina fora à prova até mesmo de ratos. Nada iria entrar ali para mastigar aquela caixa.

Quando Michael deitou na cama naquela noite, Gladys disse:

— Se não contarmos à polícia, nós simplesmente temos que enterrar em algum lugar.

— Sim — concordou Michael vagamente.

Parecia, de alguma forma, um ato criminoso enterrar um par de dedos humanos. Ele tinha contado a Gladys sobre a aliança. As iniciais não haviam soado familiares a ela.

O coronel Edward Phelps foi dormir tranquilo, lembrando que havia visto coisas muito piores em 1941.

Phyllis havia interrogado o tio Michael sobre o anel durante o jantar. Talvez tudo fosse se resolver no dia seguinte, e acabar se revelando, de alguma forma, algo totalmente simples e inocente. De qualquer modo, daria uma história e tanto para contar aos colegas de faculdade. E para a mãe! Então era assim a sossegada zona rural inglesa!

No outro dia, como era segunda-feira e a agência do correio estava aberta, Michael decidiu formular a pergunta a Mary Jeffrey, que fazia jornada dupla de balconista do correio e de vendedora de mercearia. Michael comprou selos e então perguntou displicentemente:

– A propósito, Mary, há algum desaparecido nestes últimos dias nesta região?

Mary, uma garota de rosto vibrante com cabelos escuros e crespos, pareceu intrigada.

– Desaparecido como?

– Sumido – respondeu Michael com um sorriso.

Mary balançou a cabeça negativamente.

– Não que eu saiba. Por que pergunta?

Michael havia procurado se preparar para aquele momento.

– Li em algum jornal que as pessoas, algumas vezes, simplesmente desaparecem, mesmo em lugarejos pequenos como este. Partem sem direção, trocam de nome ou algo do gênero. Para onde vão é um mistério, ninguém faz ideia.

Michael estava, ele próprio, sem direção. Não se saiu muito bem, mas a pergunta fora feita.

Ele caminhou os quatrocentos metros de volta para casa, desejando que tivesse tido coragem de perguntar a Mary se alguém naquela área estava com a mão esquerda enfaixada, ou se ela tivera notícia de um acidente assim. Mary tinha amigos que frequentavam o bar local. Ela, nesse instante, poderia estar sabendo de alguém com a mão enfaixada, mas Michael não poderia, de forma alguma, contar a Mary que os dedos perdidos se encontravam em sua garagem.

A questão do que fazer com os dedos foi deixada de lado durante a manhã, já que os Herbert haviam programado um passeio a Cambridge, seguido por um almoço na casa de um amigo, professor da universidade. Era impensável cancelar o passeio para se envolver com a polícia, portanto os dedos não apareceram como tema dos assuntos da manhã. Falaram de qualquer outra coisa durante a viagem. Michael, Gladys e Eddie tinham decidido, antes de partirem para Cambridge, que não deveriam falar sobre os dedos novamente na frente de Phyllis – deixariam o assunto cair no esquecimento, se possível. Eddie e Phyllis partiriam na tarde de quarta-feira, dali a dois dias, e até então a situação já estaria resolvida ou nas mãos da polícia.

Gladys também havia instruído Phyllis, delicadamente, a não trazer à tona o "incidente do gato" na casa do professor, portanto Phyllis obedeceu. Correu tudo bem e a contento, e os Herbert, Eddie e Phyllis retornaram à casa dos Herbert por volta das quatro horas. Edna disse a Gladys que tinha acabado de se dar conta de que não tinham mais manteiga, e como ela estava preparando um bolo... Michael, que estava na sala de estar com Eddie, ouviu o comentário e se ofereceu para ir à mercearia.

Michael comprou a manteiga, dois maços de cigarros e uma caixa de caramelos que pareciam muito bons, e foi atendido por Mary com seu jeito modesto e educado de sempre. Ele tinha esperança de saber alguma novidade através dela. Havia apanhado o troco e dirigia-se à porta, quando Mary chamou:

– Ah, sr. Herbert!

Michael virou-se.

– Ouvi falar de alguém que desapareceu, hoje ao meio-dia – anunciou Mary inclinando-se em direção a Michael do outro lado do balcão, agora sorrindo. – William Reeves, o Bill, que mora na propriedade do sr. Dickenson, o senhor sabe. Ele tem uma cabana lá, trabalha na propriedade, ou trabalhava.

Michael não conhecia Bill Reeves, mas certamente sabia da propriedade dos Dickenson, que era imensa, a noroeste do povoado. As iniciais de Bill Reeves se encaixavam com o W.R. na aliança.

– Sim? Ele desapareceu?

– Por volta de duas semanas atrás, o sr. Vickers me contou. O sr. Vickers é dono do posto de gasolina perto da propriedade dos Dickenson, o senhor sabe. Ele veio aqui hoje, então tive a ideia de perguntar.

Ela sorriu novamente, como se tivesse respondido de forma satisfatória à charadinha de Michael.

Michael conhecia o posto de gasolina e lembrava-se vagamente do rosto de Vickers.

– Interessante. O sr. Vickers sabe por que ele desapareceu?

– Não. O sr. Vickers disse que é um mistério. A esposa de Bill Reeves também deixou a cabana, alguns dias atrás, mas todo mundo sabe que ela foi para Manchester para ficar com a irmã.

Michael assentiu.

– Ora, ora. Bem se vê que isso pode acontecer até mesmo aqui, hein? Pessoas desaparecendo.

Ele sorriu e saiu da loja.

O que tinha de fazer era ligar para Tom Dickenson, pensou Michael, e perguntar o que ele sabia. Michael não o chamava de Tom, o havia encontrado apenas algumas vezes em comícios políticos locais e coisas assim. Dickenson tinha uns trinta anos, era casado, havia herdado propriedades e agora levava uma vida de fazendeiro rico, pensou Michael. A família era do ramo da lã, tinha fábricas no Norte e possuía terras há gerações.

Quando chegou em casa, Michael pediu para Eddie subir até o escritório, e, apesar da curiosidade de Phyllis, não a convidou para juntar-se a eles. Michael relatou a Eddie o que Mary contara sobre o desaparecimento de um trabalhador rural chamado Bill Reeves algumas semanas atrás. Eddie concordou que eles deveriam contatar Dickenson.

– As iniciais na aliança podem ser coincidência – cogitou Eddie. – A propriedade dos Dickenson fica a vinte e cinco quilômetros daqui, você diz.

– Sim, mas ainda acho que vou ligar para ele.

Michael procurou o número no guia telefônico sobre a escrivaninha. Havia dois números. Michael tentou o primeiro.

Um criado respondeu, ou alguém que soava como um criado; perguntou o nome de Michael, e depois disse que mandaria chamar o sr. Dickenson. Michael esperou quase um minuto. Eddie também aguardava.

– Alô, sr. Dickenson. Sou um de seus vizinhos, Michael Herbert... Sim, sim, sei que já nos... algumas vezes. Olhe, eu tenho uma pergunta para lhe fazer que o senhor pode achar estranha, mas... tenho a informação de que o senhor tinha um trabalhador ou inquilino em suas terras chamado Bill Reeves?

– Ss-sim? – respondeu Tom Dickenson.

– E onde ele se encontra agora? Pergunto porque me contaram que ele desapareceu há algumas semanas.

– Sim, é verdade. Por que pergunta?

– O senhor sabe para onde ele foi?

– Não faço ideia – respondeu Dickenson. – Você tinha negócios com ele?

– Não. O senhor poderia me dizer o nome da esposa dele?

– Marjorie.

Fechava com a primeira inicial.

– O senhor por acaso sabe o nome dela de solteira?

Tom Dickenson riu:

– Receio que não.

Michael olhou para Eddie, que o observava.

– O senhor sabe se Bill Reeves usava aliança de casamento?

– Não. Nunca prestei tanta atenção assim nele. Por quê?

É mesmo, por quê? Michael mudou de posição. Se ele terminasse a conversa, não teria revelado muita coisa.

– Porque eu encontrei algo que pode justamente ser uma pista em relação a Bill Reeves. Imagino que alguém esteja procurando por ele, se ninguém sabe seu paradeiro.

– Eu não estou procurando por ele – respondeu Tom Dickenson num tom de voz tranquilo. – Duvido que a esposa também esteja. Ela saiu de casa faz uma semana. Posso perguntar o que encontrou?

– Prefiro não dizer por telefone... Será que eu poderia encontrar o senhor? Ou, quem sabe, o senhor poderia vir até a minha casa?

Após um instante de silêncio, Dickenson disse:

– Honestamente, não estou interessado em Reeves. Não acho que ele tenha deixado nenhuma dívida, que eu saiba, posso dizer isso em defesa dele. Mas não me importo com o que tenha acontecido com ele, se me permite falar com franqueza.

— Compreendo. Desculpe por ter importunado o senhor, sr. Dickenson.

Eles desligaram.

Michael virou para Eddie Phelps:

— Acho que você pegou a maior parte da conversa. Dickenson não está interessado.

— Não dá para esperar que o Dickenson esteja preocupado com um agricultor desaparecido. Ouvi direito ele dizer que a esposa também se mandou?

— Achei que já tivesse lhe contado. Ela foi para a casa da irmã em Manchester, Mary me disse.

Michael tirou um cachimbo da prateleira sobre a escrivaninha e começou a encher o fornilho.

— O nome dela é Marjorie. Fecha com a primeira inicial da aliança.

— Verdade — assentiu o coronel. — Mas tem um monte de Marys e Margarets pelo mundo.

— Dickenson não sabia o nome de solteira dela. Agora veja bem, Eddie, sem a ajuda de Dickenson, estou achando que deveríamos ligar para a polícia e acabar com essa história. Tenho certeza que eu não conseguiria enterrar aquele... objeto. Aquele troço ia ficar me atormentando. Ficaria pensando que um cachorro iria desenterrar, mesmo que ficassem só os ossos, ou estivesse em um estado ainda *pior*, e a polícia teria que começar a investigar a partir de alguma outra pessoa além de mim, e com pistas ainda menos recentes para seguir.

– Você ainda está pensando em crime? Eu tenho uma ideia mais simples – disse Eddie com um ar calmo e lógico. – Gladys disse que havia um hospital a trinta quilômetros de distância, eu presumo que em Colchester. Poderíamos perguntar se nas últimas duas semanas, mais ou menos, houve algum acidente envolvendo a perda do terceiro e quarto dedos da mão esquerda de um homem. Eles teriam o nome dele. Aparentemente foi um acidente, e do tipo que não acontece todo dia.

Michael estava a ponto de concordar em fazer isso, pelo menos antes de ligar para a polícia, quando o telefone tocou. Michael atendeu, e descobriu Gladys na extensão do andar debaixo falando com um homem cuja voz parecia a de Dickenson.

– Eu atendo, Gladys.

Tom Dickenson disse olá a Michael.

– Eu... pensei que se você realmente quisesse encontrar comigo...

– Eu gostaria muito.

— Preferiria falar com você em particular, se for possível.

Michael o assegurou de que estaria sozinho, e Dickenson disse que poderia encontrá-lo dentro de uns vinte minutos. Michael largou o telefone com um sentimento de alívio, e disse para Eddie:

— Ele está vindo para cá agora e quer falar comigo em particular. É melhor assim.

— Sim. — Eddie levantou do sofá, desapontado. — Ele vai ser mais franco, se tiver algo a dizer. Você vai contar sobre os dedos? — ele encarou Michael de lado, as sobrancelhas espessas erguidas.

— Pode não chegar a isso. Vou ver o que ele tem a dizer primeiro.

— Ele vai perguntar o que você encontrou.

Michael sabia disso. Eles desceram as escadas. Michael viu Phyllis no jardim dos fundos, batendo sozinha numa bola de croquet, e ouviu a voz de Gladys na cozinha. Michael informou Gladys, fora do alcance dos ouvidos de Edna, sobre a chegada iminente de Tom Dickenson e explicou o porquê: a informação de Mary de que um certo Bill Reeves havia desaparecido, um trabalhador da propriedade do Dickenson. Gladys percebeu na hora que as iniciais correspondiam às da aliança.

E já vinha chegando o carro de Dickenson, um Triumph preto conversível, precisando de uma boa lavada. Michael saiu para cumprimentá-lo. "Olás" e "lembra-se-de-mins". Eles se lembravam um do outro vagamente. Michael convidou Dickenson para entrar antes que Phyllis pudesse aparecer e forçar uma apresentação.

Tom Dickenson era loiro e parecia alto agora com a jaqueta de couro, calça de veludo cotelê e botas verdes de borracha que, garantiu a Michael, não estavam embarradas. Estivera trabalhando no campo ainda agora e não tivera tempo de trocar de roupa.

– Vamos subir – disse Michael, mostrando o caminho até as escadas.

Michael ofereceu a Dickenson uma poltrona confortável, e sentou-se em seu velho sofá.

– O senhor dizia que a esposa de Bill Reeves também foi embora?

Dickenson sorriu um pouco, com seus olhos azul-acinzentados calmamente fixos em Michael.

– A esposa dele foi embora, sim. Mas isso foi depois do sumiço de Reeves. Marjorie foi a Manchester, ouvi dizer. Ela tem uma irmã lá. Os Reeves não estavam se dando assim tão bem. Os dois têm em torno de vinte e cinco anos...

Reeves gosta de uma bebida. Vou ficar feliz em substituí-lo, para ser sincero. Vai ser fácil.

Michael esperou ele falar mais. Não aconteceu. Michael estava se perguntando por que Dickenson teria se disposto a vir falar com ele sobre um agricultor de quem não gostava muito.

— Por que está interessado? — perguntou Dickenson. E abriu uma gargalhada que fez com que ele parecesse mais jovem e mais alegre. — Será que o Reeves está pedindo emprego para você, usando um outro nome?

— De forma alguma — Michael sorriu também. — Eu não teria lugar para acomodar um empregado. Não.

— Mas você disse que encontrou alguma coisa? — as sobrancelhas de Tom Dickenson se fecharam, num franzir educado e inquisitivo do cenho.

Michael olhou para o chão, então ergueu os olhos e disse:

— Encontrei dois dedos da mão esquerda de um homem, com uma aliança de casamento em um deles. As iniciais da aliança poderiam significar William Reeves. As outras iniciais são M.T., que poderiam ser de Marjorie alguma coisa. É por isso que pensei em ligar para o senhor.

A face de Dickenson ficara mais pálida, ou Michael estaria imaginando coisas? Os lábios de Dickenson abriram levemente, seus olhos incertos.

– Deus meu, encontrou onde?

– Nosso gato arrastou para dentro de casa, acredite se quiser. Tive de contar para minha esposa porque o gato trouxe para dentro da sala de estar na frente de todos nós.

De alguma forma, foi um tremendo alívio para Michael ter dito tais palavras.

– Meu velho amigo Eddie Phelps e sua sobrinha americana estão hospedados aqui. Eles viram também.

Michael levantou-se. Agora queria um cigarro, pegou o maço da escrivaninha e ofereceu a Dickenson.

Dickenson disse que havia parado de fumar, mas aceitaria um.

– Foi um tanto chocante – continuou Michael. – Então pensei em fazer uma investigação nos arredores antes de falar com a polícia. Acho que informar a polícia é a coisa certa a se fazer. Não acha?

Dickenson não respondeu de imediato.

– Tive que cortar fora uma parte do dedo para poder tirar a aliança, com a ajuda de Eddie ontem à noite.

Dickenson não dizia nada, apenas tragava seu cigarro, franzindo a testa.

— Pensei que a aliança fosse nos dar uma pista, o que de fato dá, embora possa não ter nada a ver com esse tal de Bill Reeves. O senhor não parece saber se ele usava uma aliança e também não sabe o nome de solteira de Marjorie.

— Ah, isso se descobre — a voz de Dickenson soou diferente, mais grossa.

— Acha que deveríamos fazer isso? Ou talvez saiba onde moram os pais de Reeves. Ou os pais de Marjorie? Talvez o Reeves esteja na casa de um ou de outro agora.

— Aposto que não na casa dos pais da mulher — disse Dickenson com um sorriso nervoso. — Ela está cheia dele.

— Bem, o que acha? Vou contar à polícia?... Gostaria de ver a aliança?

— Não. Eu confio na sua palavra.

— Então vou entrar em contato com a polícia amanhã, ou à noite. Suponho que quanto antes melhor. — Michael notou que Dickenson olhava ao redor da sala como se fosse encontrar os dedos repousando sobre uma estante.

Houve um movimento na porta do escritório, e Portland Bill entrou. Michael não havia realmente fechado a porta, e Bill tinha um jeito infalível de abri-las: levantando um pouco o corpo e dando uma empurradinha.

Dickenson pestanejou ao ver o gato e disse a Michael com uma voz firme:

– Eu apreciaria uma dose de uísque. Posso?

Michael desceu e voltou trazendo a garrafa e dois copos. Não havia visto ninguém na sala de estar. Michael serviu. Então, fechou a porta do escritório.

Dickenson tomou quase a metade da dose no primeiro gole.

– É melhor que eu lhe diga de uma vez por todas que matei o Reeves.

Um tremor se espalhou pelos ombros de Michael, mas ele disse a si mesmo que já sabia disso desde o início, ou pelo menos desde o telefonema de Dickenson, de qualquer forma.

– Sim? – disse Michael.

– Reeves andava... se adiantando com a minha mulher. Não vou nem dar a dignidade de chamar aquilo de um caso. Eu culpo a minha esposa, flertando como uma idiota com o Reeves. Ele era só um tolo, no que me diz respeito. Bonito e imbecil. A mulher dele sabia, e odiava ele por isso.

Dickenson tragou o finzinho do cigarro, e Michael apanhou o maço novamente. Dickenson pegou mais um.

– Reeves estava ficando cada vez mais cheio de si. Eu queria demitir e mandar ele para bem longe, mas não podia por causa do contrato de aluguel da cabana, e eu não queria ter de trazer à tona a situação com a minha esposa... perante a lei, digo, como o motivo.

– Quanto tempo durou isso?

Dickenson teve de pensar.

– Provavelmente em torno de um mês.

– E a sua esposa... agora?

Tom Dickenson suspirou e esfregou os olhos. Ele estava arqueado para frente na poltrona.

– Vamos nos entender. Não faz nem um ano que estamos casados.

– Ela sabe que matou Reeves?

Dickenson sentou-se para trás, apoiou uma bota verde sobre o joelho e tamborilou os dedos de uma das mãos no braço da poltrona.

– Não sei. Pode achar simplesmente que botei ele no olho da rua. Ela não fez nenhuma pergunta.

Michael podia imaginar, e também podia ver, que Dickenson preferiria que a esposa nunca soubesse. Michael percebeu que teria de tomar uma decisão: entregar ou não Dickenson para a polícia. Ou será que Dickenson até preferia ser entregue? Michael estava ouvindo a confissão de um homem que carregava um crime em sua consciência há mais de duas semanas, contido dentro de si, ou assim ele supunha. E de que modo Dickenson o matara?

– Alguém mais sabe? – Michael perguntou cauteloso.

– Bem, posso contar para você como foi. Suponho que devo. Sim – a voz dele ficou grossa novamente, e o uísque tinha acabado.

Michael levantou-se e encheu o copo de Dickenson.

Dickenson agora sorvia o líquido, e olhava fixo para a parede ao lado de Michael.

Portland Bill estava sentado a certa distância de Michael, concentrado em Dickenson como se entendesse cada palavra e esperasse o próximo capítulo.

– Eu disse a Reeves que parasse de dar em cima da minha mulher, ou saísse da minha propriedade com a própria esposa, mas ele levantou o assunto do aluguel, e por que eu não falava com a *minha* esposa. Arrogante, sabe, cheio de si, que a mulher do patrão tinha se dignado a olhar para ele e...

Dickenson recomeçou:

– Terças e sextas-feiras eu vou a Londres para tomar conta da empresa. Algumas vezes Diane disse que não estava com vontade de ir a Londres, ou tinha algum outro compromisso. Reeves sempre achava um jeito de arrumar algum trabalho para fazer próximo da casa naqueles dias. Tenho certeza. E, também... havia uma segunda vítima... assim como eu.

– Vítima? O que quer dizer?

– Peter.

Agora Dickenson deslizava o copo entre as mãos, com o cigarro projetado para fora dos lábios, ele olhava fixo para a parede ao lado de Michael e falava como se estivesse narrando o que via em uma tela posta ali.

– Estávamos podando uma cerca-viva lá no meio do campo, cortando estacas também, para fazer novas demarcações. Reeves e eu. Machados e marretas. Peter estava cravando as estacas bem longe de nós. Peter é um outro auxiliar, como o Reeves, mas está comigo há mais tempo. Tive a sensação de que Reeves poderia me atacar, e depois dizer que tinha sido um acidente ou algo do tipo. Era de tarde, e ele havia tomado algumas no almoço. Ele tinha uma machadinha. Eu não dei as costas para Reeves, e minha raiva, por algum motivo, ia aumentando. Ele tinha um sorrisinho no rosto e balançou a machadinha como se fosse me acertar na coxa, embora não estivesse próximo o suficiente de mim. Então, ele me deu as costas, de forma arrogante, e o acertei na cabeça com um martelo grande. Bati uma segunda vez enquanto ele caía, mas acertei as costas. Eu não sabia que Peter estava tão perto de mim, ou não tinha pensado nisso. Peter veio correndo com um machado. Peter disse: "Boa! Pro inferno com esse imbecil!" – ou algo assim, e...

Dickenson parecia não achar palavras, olhava para o chão, e daí, para o gato.

– E então?... Reeves estava morto.

– Sim. Tudo isso aconteceu em segundos. Peter realmente terminou o serviço, com uma pancada na cabeça de Reeves com o machado. Estávamos bem perto da mata, a minha mata. Peter disse: "Vamos enterrar o porco! Nos *livrar* dele!". Peter estava tendo um acesso de xingamentos, e eu estava fora de mim por outro motivo, talvez choque, mas Peter dizia que Reeves também andava traçando a esposa dele, ou tentando, e que ele sabia sobre o Reeves e a Diane. Peter e eu cavamos uma cova na mata, os dois, trabalhando como loucos, estraçalhando raízes de árvores e cavando a terra com as mãos. No fim, logo antes de jogarmos ele dentro, Peter pegou a machadinha e disse... algo sobre a aliança de casamento de Reeves, e desceu a machadinha umas duas vezes sobre a mão de Reeves.

Michael não se sentia muito bem. Inclinou-se, principalmente para baixar a cabeça, e acariciou as costas fortes do gato, que continuava concentrado em Dickenson.

– Então enterramos o corpo, nós dois já encharcados de suor. Peter disse: "O senhor não vai ouvir uma palavra de mim sobre isso. Esse imbecil merecia o fim que levou." Calcamos a cova e Peter cuspiu nela, Peter é um homem de verdade, isso eu digo em defesa dele.

– Um homem... e o senhor?

– Não sei...

Os olhos de Dickenson estavam sérios quando ele falou novamente.

– Teve um dia em que Diane tinha um chá marcado em algum clube de mulheres no povoado. Naquela mesma tarde, pensei: meu Deus, os dedos! Talvez eles estejam simplesmente lá, no chão, porque eu não conseguia lembrar de Peter ou eu mesmo jogando eles dentro da cova. Então voltei. Encontrei-os. Eu poderia ter cavado outro buraco, não fosse o fato de não ter levado nada para cavar, e eu também não queria... nada mais do Reeves nas minhas terras. Entrei no carro e andei, não interessava para onde, sem prestar atenção em onde eu estava, e quando vi um mato, saí e atirei o troço o mais longe que pude.

Michael disse:

– Deve ter sido a menos de oitocentos metros daqui de casa. Portland Bill não se aventura além disso, eu acho. Ele já toma remédios, pobre e velho Bill.

O gato olhou para cima com a menção de seu nome.

– Confia nesse Peter?

– Confio. Conhecia o pai dele, meu pai também. E se me perguntassem, eu não sei se saberia dizer quem deu o golpe mortal: se eu, ou Peter. Mas para ser correto, *eu* assumiria a responsabilidade, porque eu dei dois golpes com o martelo. Não posso alegar autodefesa porque Reeves não tinha me atacado.

"*Correto*. Que palavra insólita", pensou Michael.

Mas Dickenson era do tipo que iria querer ser *correto*.

– O que propõe que façamos agora?

– Propor? Eu? – o suspiro de Dickenson era quase uma falta de ar. – Não sei. Eu confessei o crime. De maneira que está em suas mãos ou... – fez um gesto indicando o andar de baixo. – Gostaria de poupar Peter, deixá-lo fora disso, se pudesse. Você entende, eu acho. Posso falar com você. Você é homem como eu.

Michael não estava certo disso, mas tinha tentado se imaginar na posição de Dickenson, tentado se enxergar, vinte anos mais jovem, nas mesmas circunstâncias. Reeves tinha sido um porco, até mesmo com a própria esposa, sem princípios, e deveria um jovem como Dickenson arruinar a própria vida, ou a melhor parte dela, por causa de alguém como Reeves?

– E a esposa dele?

Dickenson balançou a cabeça e franziu as sobrancelhas.

– Sei que ela o detestava. Se ele está ausente e sem dar notícias, aposto que ela nunca vai fazer o menor esforço para encontrá-lo. Está aliviada de ter se livrado dele, tenho certeza.

Um silêncio teve início e cresceu. Portland Bill bocejou, arqueou as costas e espreguiçou-se. Dickenson olhava o gato como se ele fosse dizer algo; afinal, o gato tinha descoberto os dedos. Mas o gato não disse nada. Dickenson rompeu o silêncio meio sem jeito, mas em um tom educado:

– Onde estão os dedos, a propósito?

– Nos fundos da minha garagem, que está trancada. Estão numa caixa de sapatos – Michael sentiu-se quase sem equilíbrio. – Olha, estou com dois hóspedes em casa.

Tom Dickenson levantou-se depressa.

– Eu sei. Sinto muito.

– Não há nada de que se desculpar, mas eu realmente *preciso* dizer alguma coisa a eles, porque o coronel, meu velho amigo Eddie, sabe que eu liguei para o senhor sobre as iniciais e que iria passar aqui para nos ver... me ver. Ele pode ter dito algo aos outros.

– Claro. Entendo.

– Poderia esperar aqui alguns minutos enquanto falo com o pessoal lá embaixo? Fique à vontade com o uísque.

– Obrigado – seus olhos nem piscaram.

Michael desceu. Phyllis estava de joelhos junto ao gramofone, pronta para colocar um disco. Eddie Phelps estava sentado no canto do sofá, lendo o jornal.

– Onde está Gladys? – perguntou Michael.

Gladys estava arrancando as flores e folhas murchas das roseiras. Michael chamou por ela. Ela estava usando botas de borracha, como as de Dickenson, mas as dela eram menores e de um vermelho brilhante. Michael olhou para ver se Edna estava atrás da porta da cozinha. Gladys disse que Edna tinha saído para comprar algo na mercearia. Michael relatou a história de Dickenson, tentando deixá-la concisa e clara. A boca de Phyllis caiu algumas vezes.

Eddie Phelps apoiou o queixo na mão de modo a parecer erudito e, vez ou outra disse:

– Hmm... Hmm.

– Eu realmente não tenho vontade de entregá-lo, e nem mesmo de falar com a polícia – arriscou Michael, numa voz que era quase um sussurro.

Ninguém disse nada depois da narrativa, e Michael havia esperado vários segundos.

– Não sei por que não podemos simplesmente deixar passar. Qual é o dano?

– Qual é o dano, sim – repetiu Eddie Phelps, mas poderia ter sido um eco qualquer, pela grande ajuda que oferecia a Michael.

– Já ouvi falar de histórias como essa entre povos primitivos – disse Phyllis, de modo sincero, como que dizendo que achava as ações de Tom Dickenson perfeitamente justificáveis.

Michael havia, é claro, incluído Peter, o empregado residente, em seu relato. Teria sido fatal o golpe do martelo de Dickenson ou o golpe do machado de Peter?

– A ética primitiva não é a que me preocupa – afirmou Michael, e sentiu-se logo confuso.

Com relação a Tom Dickenson, estava preocupado justamente com o oposto de primitivo.

— Mas o que mais pode ser? – perguntou Phyllis.

— Sim, sim – disse o coronel, olhando o teto.

— Sério, Eddie – falou Michael. – Você não está ajudando muito.

— Eu não diria nada sobre o assunto. Enterre os dedos em algum lugar, com a aliança. Ou talvez a aliança em um lugar diferente, por segurança. Sim – o coronel estava quase resmungando, murmurando, mas olhava para Michael.

— Não estou certa – disse Gladys, franzindo a testa pensativa.

— Concordo com tio Eddie – anunciou Phyllis, consciente de que Dickenson estava no andar de cima aguardando o veredicto. – O sr. Dickenson foi provocado, *seriamente* provocado, e o homem que foi morto aparentemente era um asqueroso!

— Não é dessa forma que a justiça vê a questão – ponderou Michael com um sorriso torto. – Muita gente é seriamente provocada. E uma vida humana é uma vida humana.

— *Nós* não somos a justiça – disse Phyllis, como se eles fossem ainda superiores à justiça naquele momento.

Michael estava pensando exatamente nisso: eles não eram a justiça, mas estavam agindo como se fossem. Ele estava inclinado a concordar com Phyllis e Eddie.

– Tudo bem. Não tenho vontade de denunciar isso, dadas todas as circunstâncias.

Porém, Gladys se absteve. Ela não tinha certeza. Michael conhecia a esposa o suficiente para acreditar que isso não seria o pomo da discórdia entre eles, se tivessem divergências naquele momento. Michael então disse:

– Você é uma contra três, Glad. Você realmente quer arruinar a vida de um jovem por uma coisa dessas?

– Verdade, temos de fazer uma votação, como se fôssemos um júri – sugeriu Eddie.

Gladys viu que fazia sentido. Ela reconheceu. No minuto seguinte, Michael subiu as escadas para o escritório, onde o rascunho de uma resenha de livro descansava sobre o cilindro de sua máquina de escrever, intocada havia dois dias. Felizmente, ele poderia ainda entregar na data final sem precisar se matar.

– Nós não queremos denunciar isso à polícia – disse Michael.

Dickenson, de pé, assentiu solenemente, como quem recebe um veredicto.

"Ele teria assentido da mesma forma se tivesse lhe dito o oposto", pensou Michael.

– Vou me livrar dos dedos – resmungou Michael, curvando-se para pegar fumo para o cachimbo.

– Certamente é minha responsabilidade. Deixe-me enterrá-los em algum lugar, com a aliança.

De fato era responsabilidade de Dickenson, e Michael ficaria feliz de escapar da tarefa.

– Certo. Bem, vamos descer? Gostaria de conhecer minha esposa e meu amigo coronel...

– Não, obrigado. Não agora – interrompeu Dickenson –, em outra oportunidade. Mas poderia repassar a eles meu... muito obrigado?

Desceram por outras escadas, ao fundo do corredor, e saíram para a garagem, cuja chave estava no chaveiro de Michael. Por um momento ele pensou que a caixa de sapatos poderia ter desaparecido, misteriosamente, como numa história de detetive; mas estava exatamente onde a havia deixado, em cima dos galões velhos. Ele a entregou para Dickenson, e Dickenson partiu no Triumph empoeirado rumo ao norte. Michael entrou na casa pela porta da frente.

Nesse momento, os outros estavam tomando um drinque. Michael sentiu-se aliviado de repente, e sorriu.

– Acho que o velho Portland deveria ganhar algo especial na hora do coquetel, não acham? – sugeriu Michael, principalmente a Gladys.

Portland Bill estava olhando sem muito interesse para uma vasilha com cubos de gelo.

Apenas Phyllis respondeu com entusiasmo:

– Sim!

Michael foi à cozinha e falou com Edna, que polvilhava farinha em uma tábua.

– Sobrou mais algum salmão defumado do almoço?

– Uma fatia, senhor – respondeu Edna, como se não valesse a pena servir a ninguém, e ela, por virtude, não a havia comido, embora ainda pudesse vir a comer.

– Posso pegar para o velho Bill? Ele adora.

Quando Michael voltou à sala de estar com a fatia rosada sobre um pires, Phyllis disse:

– Aposto que o sr. Dickenson destrói o carro no caminho de casa. Muitas vezes acontece assim.

E sussurrou, de repente lembrando-se dos seus bons modos:

– Porque ele se sente *culpado*.

Portland Bill abocanhou o salmão com breve, mas intenso, deleite.

Tom Dickenson não destruiu o carro.

A MAIOR PRESA DE MING

Ming descansava confortavelmente na soleira da porta da cabine de sua dona, quando um homem o pegou pelo cangote, lançou-o para fora rumo ao convés e fechou a porta da cabine. Os olhos azuis de Ming se arregalaram em razão do choque e de uma leve raiva que lhe brotava, e então voltaram a se fechar novamente devido à brilhante luz dos raios de sol. Não era a primeira vez que Ming tinha sido jogado de maneira rude para fora da cabine, e ele percebeu que o homem sempre fazia aquilo quando a sua dona, Elaine, não estava vendo.

O veleiro agora não oferecia nenhuma proteção contra o sol, mas Ming ainda não estava com muito calor. Saltou com facilidade sobre o teto da cabine e pisou sobre a corda enrolada logo atrás do mastro. Ming gostava de usar o rolo de corda como se fosse um sofá, que além de tudo lhe permitia enxergar o que estava à sua volta. Além disso, o formato côncavo do rolo permitia que se protegesse das fortes brisas, minimizando também o efeito do balanço do barco e das mudanças bruscas de inclinação do *White Lark*, uma vez que o cordame ficava numa posição bem centralizada. Naquele exato momento, porém, as velas tinham sido arriadas, porque Elaine e o homem almoçavam; e normalmente depois tirariam uma sesta, tempo durante o qual, Ming sabia, o homem não gostava que ele ficasse na cabine. A hora do almoço até era legal. De fato, Ming acabara de almoçar um delicioso peixe grelhado e um pedacinho de lagosta. Naquele momento, deitado, o corpo curvado e relaxado sobre o rolo de corda, Ming escancarou a boca num grande bocejo, então, com os olhos apertados, quase fechados devido à forte luminosidade solar, olhou fixamente para as colinas terracota, para as casas brancas e rosas, para os hotéis que circundavam a baía de Acapulco. Entre o *White Lark* e a costa, onde as pessoas se agitavam na água de maneira inaudível, o sol faiscava sobre a superfície do mar como se fosse milhares de lampadinhas acendendo e apagando desordenadamente. Um esquiador passou rasgando a água, espalhando rajadas de espuma branca atrás de si.

Mas que atividade! Ming, prestes a cochilar, sentia o calor do sol penetrar fundo em sua pele. Ming era de Nova York e considerava Acapulco uma considerável melhora em seu meio ambiente nas suas primeiras semanas de vida. Ele se lembrava de uma caixa protegida do sol, forrada com palhas, além de mais três ou quatro gatinhos, e uma abertura às suas costas na qual formas gigantescas paravam por alguns momentos, tentando atrair-lhe a atenção por meio de tapinhas, e então seguiam em frente. Ele não tinha qualquer lembrança da mãe. Um dia uma jovem que cheirava a alguma coisa agradável foi até o local e o levou embora – para longe do cheiro horroroso e assustador dos cachorros, dos remédios e do estrume dos papagaios. Na sequência, os dois seguiram no que Ming agora conhecia como avião. E agora estava bastante acostumado com aviões e chegava inclusive a gostar bastante de voar. A bordo, sentava no colo de Elaine, ou adormecia em seu regaço, e na aeronave havia sempre petiscos para comer, se ele estivesse com fome.

    Elaine passava boa parte do dia em uma loja em Acapulco, onde vestidos e calças e roupas de banho pendiam das paredes. Aquele lugar tinha um cheiro de limpeza e frescor, havia flores nos vasos e em caixas de terra na entrada, e o piso era uma audaciosa combinação de azulejos brancos e azuis. Ming desfrutava de plena liberdade para perambular no pátio dos fundos, ou para dormir em sua cesta, que ficava num dos cantos. O sol incidia com mais força na frente da loja, mas garotos maldosos seguidamente tentavam agarrá-lo se ele se sentasse por ali, o que nunca permitia que Ming conseguisse relaxar.

O que ele mais gostava era de deitar ao sol com a dona nas grandes espreguiçadeiras de lona no terraço de casa. O que Ming detestava eram as pessoas que ela às vezes convidava para ir até lá, um bocado de gente que ficava acordada até tarde, comendo e bebendo, ouvindo o gramofone ou tocando piano – pessoas que o afastavam de Elaine. Pessoas que lhe pisavam as patas, pessoas que o pegavam pelas costas sem que ele nada pudesse fazer para evitar, obrigando-o a se contorcer e a lutar para reconquistar a liberdade, pessoas que o afagavam com indelicadeza, pessoas que fechavam uma porta em algum lugar e o deixavam trancado. *Pessoas*! Ming detestava pessoas. Sobre toda a face da Terra, ele só gostava de Elaine. Elaine o amava e o compreendia.

No momento, Ming detestava em especial aquele homem chamado Teddie. Ultimamente, o sujeito não dava folga. Ming não gostava do jeito que ele lhe olhava quando Elaine não estava prestando atenção. E, às vezes, aproveitando que a dona não se achava por perto, Teddie murmurava alguma coisa, e Ming sabia se tratar de uma ameaça. Ou uma ordem para deixar o quarto. Ming aguentava tudo calmamente. Era preciso preservar a dignidade. Além disso, a dona não estava a seu lado? O homem era o intruso. Quando Elaine estava observando, ele fingia sentir afeição por Ming, mas Ming sempre respondia se movendo graciosa e inequivocamente na direção contrária.

A soneca de Ming foi interrompida pelo som da porta da cabine que se abria. Ele ouviu Elaine e o homem rindo e conversando. O sol, grande e alaranjado, aproximava-se do horizonte.

— Ming! — Elaine veio em sua direção. — Você não está *cozinhando* aí, querido? Pensei que estivesse lá *dentro*!

— Foi o que pensei também! — disse Teddie.

Ming ronronou, um hábito que tinha ao acordar. Ela o pegou gentilmente, aninhou-o nos braços e o levou para o surpreendente frescor e para a sombra da cabine. Ela falava com o homem, e não em um tom muito suave. Colocou Ming defronte ao pote d'água, e, embora ele não estivesse com sede, bebeu um gole para agradá-la. Ming sentia-se um pouco tonto graças ao calor e cambaleava um pouquinho.

Elaine pegou uma toalha molhada e lhe esfregou a face, as orelhas e as quatro patas. Então o acomodou na cama, que tinha o perfume dela mas também daquele homem que ele detestava.

Agora a dona e o homem discutiam, Ming podia discernir pelo tom das vozes. Elaine continuava com ele, sentada na ponta da cama. Ming por fim ouviu o som de um corpo mergulhar na água, o que significava que Teddie havia deixado o barco. Ming tinha esperanças de que o outro ficasse por lá, que se afogasse, que não voltasse nunca mais. Elaine molhou uma toalha de banho na pia de alumínio, torceu-a, abriu-a sobre a cama e colocou Ming em cima dela. Trouxe água, e então Ming sentiu sede, bebendo com vontade. Deixou-o dormir novamente, enquanto ela tratava de lavar e guardar a louça. Esse era o tipo de som que o deleitava, um som reconfortante.

Logo, porém, ouviu-se um novo barulho de água e o chapinhar dos pés molhados de Teddie sobre o convés, e Ming despertou.

A discussão recomeçou no mesmo tom agressivo. Elaine venceu os poucos degraus que a separavam do convés. Ming, tenso, mas com o queixo ainda pousado sobre a toalha úmida, manteve os olhos fixos na porta da cabine. Era o som dos passos de Teddie que ele escutava na escada. Ergueu levemente a cabeça, ciente de que não havia nenhuma saída às suas costas, que estava preso na cabine como em uma armadilha. O homem parou com uma toalha nas mãos e o encarou.

Ming relaxou completamente, como se estivesse se preparando para dar um bocejo, e isso fez com que seus olhos ficassem ligeira e momentaneamente vesgos. Deixou então que sua língua saísse um pouco para fora da boca. O homem começou a dizer algo, como se quisesse jogar em Ming a toalha que trazia embolada, mas apenas acenou-lhe; o que quer que fosse dizer, jamais foi pronunciado. Jogou a toalha na pia e se curvou para lavar o rosto. Não era a primeira vez que Ming mostrava a língua para Teddie. Muita gente achava engraçado quando ele fazia isso, principalmente, por exemplo, quando havia uma festa, e o fato é que Ming sentia-se bastante satisfeito com isso. Mas ele também havia percebido que esse gesto era encarado pelo homem como uma espécie de hostilidade, e essa era a razão pela qual Ming o fazia deliberadamente, enquanto que entre as outras pessoas a exposição de sua língua era uma questão muito mais acidental.

E a discussão prosseguia. Elaine fez café. Ming começou a se sentir melhor e voltou para o convés, uma vez que o sol já havia se posto. Elaine deu partida no motor, e eles foram deslizando suavemente em direção à costa. Ming captou o som das aves, aqueles gritos estranhos, os trinares esganiçados, produzidos por certas espécies que só cantam à luz do poente. Ming olhou para frente, em direção ao penhasco onde estava localizada a casa de adobe que pertencia a ele e a Elaine. Sabia a razão pela qual ela não o deixava em casa (onde ele ficaria mais confortável) quando ia ao barco. Era porque ela tinha medo de que alguém pudesse raptá-lo, até mesmo matá-lo. Ming entendia perfeitamente. Já tinham tentado agarrá-lo bem diante dos olhos dela. Certa vez, fora subitamente ensacado e, apesar de ter lutado até o limite de suas forças, não tinha certeza se teria conseguido se livrar, caso Elaine não tivesse ela mesma batido no garoto e lhe arrancado o saco das mãos.

Ming pretendia pular novamente para o teto da cabine, mas, após lançar um olhar para o cordame, decidiu poupar energias, esticando-se assim sobre o deque quente e úmido, aconchegado sobre as patas, observando a aproximação da costa. Naquele momento, pôde ouvir os sons produzidos por um violão que alguém tocava na praia. As vozes da dona e do homem tinham cessado. Por uns poucos momentos, o som mais alto que se podia ouvir era o *tug-tug-tug* do motor do barco. Então Ming escutou os pés descalços do homem subirem os degraus da cabine. Não voltou a cabeça para olhar para ele, mas suas orelhas, involuntariamente, viraram um pouquinho para trás. Ming olhou para a água, à distância de um pequeno salto para frente. De forma estranha, nenhum som era produzido pelo homem que estava às suas costas. Os pelos no pescoço de Ming se eriçaram, e ele olhou sobre o ombro direito.

Naquele instante, o homem se inclinou para frente e avançou em sua direção com os braços estendidos.

Ming logo se pôs de pé, lançando-se diretamente sobre a posição em que estava o outro, que era a única direção segura no convés sem parapeito, e o homem moveu o braço esquerdo e lhe aplicou um bofetão no peito. Ming foi lançado para trás sob a ação do impacto, garras arranhando o deque, não o suficiente para evitar que as patas traseiras vencessem o limite da embarcação. Segurou-se com as patas dianteiras à madeira lisa, que lhe dava pouquíssima aderência, enquanto tentava, com as patas que estavam para fora, erguer-se. Para desvantagem de Ming, a parte lateral do barco era extremamente escorregadia.

O homem avançou para esmagar com o pé a última resistência que o bichano oferecia, mas Elaine saiu da cabine naquele exato momento.

– O que está acontecendo? *Ming*!

As poderosas patas traseiras de Ming aos poucos lhe permitiram reconquistar o deque. O homem havia se ajoelhado como se fosse prestar ajuda. Elaine também se pusera de joelhos e então puxou Ming pelo cangote.

Ming relaxou, arqueado sobre o convés. O rabo estava molhado.

– Ele escorregou borda afora! – disse Teddie.
– É verdade, ele estava grogue. Simplesmente cambaleou e deu uma guinada, caindo quando o barco jogou.

– É o sol. Pobre *Ming*! – Elaine apertou o gato contra os seios, levando-o para dentro da cabine. – Teddie... Você pode dirigir o barco?

O homem entrou na cabine. Elaine levou Ming para a cama e lhe falou com suavidade. O coração dele continuava batendo acelerado. Ele observava em estado de alerta o homem que segurava a roda de leme, ainda que Elaine agora o acompanhasse. Ming sabia que haviam entrado na pequena enseada que sempre percorriam antes de desembarcar.

Ali estavam os amigos e aliados de Teddie, os quais Ming detestava por associação, muito embora se tratasse meramente de garotos mexicanos. Dois ou três deles, vestindo shorts, chamaram "*Señor* Teddie!" e ofereceram apoio para que Elaine alcançasse o cais, puxaram a corda presa à parte frontal do barco, oferecendo-se ainda para carregar o "*Ming*!... *Ming*!".

Ming saltou por conta própria no cais e se agachou, esperando por Elaine, pronto para fugir de quaisquer outras mãos que pudessem alcançá-lo. E havia diversas mãos amarronzadas tentando pegá-lo, o que o obrigava a ficar se esquivando. Havia risadas, ganidos, batucar de pés descalços na plataforma de madeira. Mas havia também a voz de Elaine a adverti-los. Ming sabia que ela estava ocupada carregando as sacolas de plástico e trancando a cabine. Teddie, com a ajuda de um dos garotos mexicanos, estendia, naquele instante, a cobertura de lona sobre a cabine. E os pés de Elaine calçados com sandálias estavam ao lado de Ming. Seguiu-a quando ela se afastou. Um garoto pegou as coisas que Elaine carregava, e ela pôde pegar Ming no colo.

Eles entraram no grande conversível que pertencia a Teddie e seguiram pela estrada sinuosa em direção à casa de Elaine e de Ming. Um dos garotos dirigia. Agora o tom em que o casal falava era ameno e tranquilo. O homem ria. Ming mantinha-se tenso sobre o colo da dona. Podia sentir o quão preocupada ela estava com ele pelo modo como era afagado e tocado no cangote. O homem esticou os dedos para também tocar as costas de Ming, mas este emitiu um rosnado grave, que se ergueu e ruiu no fundo da garganta.

– Ora, ora – disse o homem, fingindo achar graça e afastando a mão.

A voz de Elaine foi interrompida no meio de algo que ela dizia. Ming estava cansado e não queria nada além de um cochilo na grande cama de sua casa. A cama estava coberta com um cobertor de lã, rajado de vermelho e branco.

Mal ele teve tempo de pensar nisso, pois quando percebeu estava na atmosfera fresca e fragrante de seu próprio lar, sendo deposto gentilmente sobre a cama e a coberta macia. A dona beijou-lhe a face e disse algo que continha a palavra "fome". De qualquer modo, Ming entendeu a mensagem. Deveria avisá-la quando estivesse com fome.

Ming dormitou e despertou com o som de vozes que chegavam do terraço, a alguns metros de distância, através das portas de vidro abertas. Já havia escurecido. Podia ver uma das extremidades da mesa, e podia perceber, pelo tipo de luminosidade, que a luz era produzida por velas. Concha, a empregada que dormia na casa, limpava a mesa. Ming ouviu a voz dela, e então a de Elaine e a do homem. Sentiu o cheiro de fumaça de charuto. Saltou até o chão e ficou sentado por um momento, olhando para o terraço lá fora. Bocejou, arqueou as costas, espreguiçou-se e esticou os músculos afundando as garras no grosso tapete de palha. Então se dirigiu diretamente para o terraço e deslizou em silêncio pela longa escada de pedras largas que levava até o jardim, que mais parecia uma selva ou uma floresta. Abacateiros e mangueiras cresciam tão altos quanto o próprio terraço; havia também buganvílias presas às paredes, orquídeas brotando das árvores, além de magnólias e diversas camélias que Elaine havia plantado. Ming podia ouvir os passarinhos chilreando excitados nos ninhos. Às vezes, escalava as árvores para pegá-los, mas esta noite não se achava disposto, embora não estivesse mais cansado. As vozes da dona e do homem o perturbavam. Era evidente que o clima entre os dois não estava nada amigável.

Concha provavelmente continuava na cozinha, e Ming resolveu ir até lá e pedir alguma coisa para comer. Concha gostava dele. Uma empregada que não lhe tivesse afeto teria sido demitida por Elaine. Imaginava-se agora comendo um pedaço de porco grelhado, que fora nesta noite a refeição servida à dona e ao homem. Soprava do oceano uma brisa refrescante, eriçando-lhe levemente os pelos. Ming sentia-se totalmente recuperado da tenebrosa experiência de quase ter caído no mar.

Agora o terraço estava vazio. Ming tomou a direção esquerda, o caminho de volta ao quarto, e percebeu imediatamente a presença do homem, embora estivesse tudo escuro e não pudesse vê-lo. O outro estava parado junto à penteadeira, abrindo uma caixa. Novamente, de maneira involuntária, emitiu um rosnado grave que se ergueu e caiu, e Ming ficou paralisado na posição que tinha assumido logo que percebera que o homem estava ali, a pata dianteira direita estendida e pronta para dar o próximo passo. Suas orelhas agora estavam voltadas para trás, ele se encontrava preparado para saltar em qualquer direção, ainda que o homem não o tivesse visto.

– Shhhh-t! Vá para o inferno! – sussurrou o homem. Deu uma batida com o pé no chão, não muito forte, para ver se expulsava o gato.

Ming não moveu um músculo. Ouviu o leve estrépito do colar branco que pertencia à dona. O homem o havia colocado no bolso; então, dirigindo-se à direita de Ming, saiu pela porta que dava para a grande sala de estar. Naquele momento, o gato ouviu o tilintar de uma garrafa contra um copo, escutou o líquido sendo vertido. Dirigiu-se até a mesma porta usada anteriormente pelo outro e virou à esquerda em direção à cozinha.

Ali, miou e foi saudado por Elaine e Concha. A empregada mantinha o rádio sintonizado em uma programação musical.

– Peixe?... Porco. Ele gosta de porco – disse Elaine, usando aquela estranha maneira de falar com que se dirigia a Concha.

Ming, sem muita dificuldade, transmitiu sua preferência por porco e obteve o que queria. Caiu sobre a comida com grande apetite. Concha exclamava "Ah-ê-ê!", enquanto a dona falava longamente com ela. Então Concha se curvou para acariciá-lo, no que obteve pleno consentimento do gato, que, apesar de erguer a cabeça, continuava com a atenção voltada para o prato, até que ela se foi e ele pôde terminar a refeição. Foi quando Elaine deixou a cozinha. Concha serviu no pires de Ming, que estava quase vazio, um pouco de leite enlatado – que ele adorava. Ming sorveu tudo avidamente. Então se esfregou na parte nua da perna da empregada, como para lhe agradecer, e saiu da cozinha, percorrendo com extrema cautela o caminho na sala de estar em direção ao quarto. Agora, porém, Elaine e o homem estavam do lado de fora, no terraço. Mal acabara de entrar no quarto quando ouviu a dona chamá-lo:

– Ming? Onde você está?

Ming aproximou-se da porta do terraço e se deteve, sentando sob a soleira.

Elaine estava sentada de lado na cabeceira da mesa, e o brilho das velas refletia-se na longa cabeleira loira, na brancura das calças. Deu uma palmadinha na coxa, e Ming pulou sobre o colo dela.

O homem disse alguma coisa em voz baixa, algo não muito agradável.

Elaine replicou no mesmo tom. Mas ela riu um pouco.

Então o telefone tocou.

Elaine pôs Ming no chão e foi em direção ao aparelho que estava na sala de estar.

O homem terminou de beber o que tinha no copo, murmurando alguma coisa para Ming e depondo, na sequência, o copo sobre a mesa. Ergueu-se e tentou cercar o gato ou ao menos forçá-lo a se dirigir aos confins do terraço. Ming percebeu as intenções do homem, assim como também percebeu que ele estava bêbado – pois se movia devagar e um tanto desajeitado. O terraço tinha um parapeito que se erguia até a linha da cintura de seu perseguidor, mas esse parapeito era composto, em três lugares, por grades de ferro –, grades com um espaçamento entre si que era suficiente para permitir a passagem do corpo de Ming, embora este nunca tivesse tentado, restringindo-se apenas a olhar através dos ferros. Estava claro para ele que o homem queria forçá-lo a se jogar através das grades ou mesmo lançá-lo sobre o parapeito. Não havia nada mais fácil para o gato do que escapar de seu adversário. Então, subitamente, o homem pegou uma cadeira e desferiu um golpe que atingiu Ming nos quadris. Foi rápido e doeu de verdade. Ming tomou a saída mais próxima, que era o caminho da escada que levava ao jardim.

O homem seguiu no encalço do gato. Sem refletir, Ming tornou a subir os poucos degraus que havia descido, mantendo-se perto da parede, escondido pela sombra. O homem não o tinha visto, ele sabia. Ming saltou sobre o parapeito do terraço, sentou-se e ficou lambendo uma pata, a fim de se recuperar do impacto e recobrar as forças. Seu coração batia ligeiro, como se estivesse no meio de um combate. E um ódio corria por suas veias. Um ódio que queimava os olhos enquanto, encolhido, ouvia os passos incertos do homem que naquele momento subia as escadas, logo abaixo dele. Teddie estava agora em seu campo de visão.

Ming retesou-se preparando o pulo e então saltou, com a máxima força de que foi capaz, atingindo com suas quatro patas o braço direito do homem, próximo ao ombro. Ming prendeu-se à jaqueta branca do outro, mas ambos agora estavam caindo. O homem gemeu. Ming manteve-se firme. Galhos se partiram. Ming já não podia discernir o que era céu e o que era chão. Resolveu então se soltar – tarde demais, porém, para conseguir se orientar, e acabou aterrissando de lado. Quase que ao mesmo tempo, ouviu o baque do corpo do homem atingindo o chão, rolando um pouco mais adiante. E depois o silêncio. Ming teve que inspirar rapidamente, com a boca escancarada, antes mesmo que seu peito parasse de doer. Na direção do homem, ele podia sentir o cheiro da bebida, do charuto, e aquele odor penetrante que significava medo. Mas Teddie não se movia.

Ming podia divisá-lo perfeitamente agora. Havia inclusive uma pálida luminosidade produzida pela luz do luar. Ming dirigiu-se para os degraus novamente, tinha que vencer um longo caminho através dos arbustos, sobre pedras e areia, até chegar ao início da escada. Então olhou para cima e mais uma vez retornou ao terraço.

Elaine acabava de chegar ao local.

– Teddie? – ela chamou. E percorreu o caminho de volta, indo até o quarto, onde acendeu a luz. Depois, seguiu para a cozinha. Ming passou a acompanhá-la. Concha havia deixado a luz acesa, apesar de já estar recolhida em seu quarto, onde o rádio soava.

Elaine abriu a porta da frente.

O carro do homem ainda estava na entrada, como Ming pôde perceber. Naquele instante, seus quadris começaram a doer, ou talvez só então tenha se dado conta disso. A lesão o obrigava a mancar um pouco. Elaine percebeu o fato, tocou-lhe as costas e lhe perguntou o que tinha acontecido. Ming apenas ronronou.

– Teddie?... Onde você está? – gritava Elaine.

Ela pegou uma lanterna e dirigiu o foco para o jardim, iluminando os grandes troncos dos abacateiros, as orquídeas, as alfazemas e as florações rosadas das buganvílias. Ming, sentindo-se seguro ao lado dela, sobre o parapeito do terraço, seguia o feixe de luz da lanterna com os olhos, ronronando de contentamento. O homem não jazia diretamente naquele ponto, mas mais para baixo e para a direita. Elaine dirigiu-se para os degraus do terraço e, com cuidado – ali não havia corrimão –, apontou o foco da lanterna para a parte inferior da escada. Ming não se incomodou nem um pouco em olhar. Sentou-se no terraço, logo antes do primeiro degrau.

– Teddie! – ela exclamou. – *Teddie!* – E desceu correndo escada abaixo.

Ainda assim, Ming não a acompanhou. Ouviu-a respirar profundamente e depois um grito:

– *Concha!*

Elaine subiu correndo os degraus, de volta.

Concha saiu do quarto. Elaine falou com ela. Concha foi tomada pela excitação. Elaine foi até o telefone e falou brevemente, então ela e Concha desceram juntas a escada. Ming acomodou-se sobre as patas e ficou no terraço, que ainda conservava um pouco do calor do dia ensolarado. Um carro chegou. Elaine galgou os degraus e foi abrir a porta da frente. Ming posicionou-se longe do centro da ação, ainda no terraço, num canto escuro, enquanto três ou quatro estranhos apareceram no terraço e se dirigiram para a escada. Lá de baixo vinha agora o som de várias vozes, de passos, cheiro de tabaco, suor e o odor familiar de sangue. Sangue do homem. Ming estava satisfeito, satisfação análoga à que sentia quando matava um passarinho e provocava esse mesmo odor com os seus próprios dentes. Esta era uma presa das grandes. O gato, que não havia sido percebido por nenhum dos presentes, ficou inteiramente ereto sobre as patas quando o grupo passou com o cadáver, e inalou o aroma de sua vitória com o nariz erguido.

Então a casa, subitamente, ficou vazia. Todos haviam partido, inclusive Concha. Ming bebeu um pouco d'água de uma tigela na cozinha, depois se dirigiu até a cama da dona, curvou-se junto à borda do travesseiro e rapidamente pegou no sono. Foi acordado pelo ruído de um carro com o qual não estava familiarizado. Logo, a porta da frente se abriu, e ele pôde reconhecer os passos de Elaine e, a seguir, os de Concha. Ele ficou exatamente onde estava. As duas conversaram em voz baixa por alguns minutos. Depois, Elaine entrou no quarto. A luz continuava acesa. Ming acompanhou os movimentos lentos que ela fazia, o modo como abriu a caixa dentro da penteadeira e como deixou cair em seu interior, com um estalido, o colar branco. Fechou, então, a caixa. Começou a desabotoar a camisa, mas antes de completar a ação, lançou-se sobre a cama e acariciou a cabeça de Ming, ergueu-lhe a pata esquerda e a pressionou gentilmente, fazendo com que as unhas ficassem expostas.

– Ah, Ming... Ming – ela disse.

Ming reconheceu os tons do amor.

A CASA DE PASSARINHOS VAZIA

A primeira vez que Edith o viu, ela deu risada, não acreditando em seus próprios olhos.

Deu um passo para o lado e olhou de novo; ainda estava lá, embora um pouco menos perceptível. Uma cara de esquilo – porém com intensidade demoníaca – olhava para ela do buraco redondo da casa de passarinho. Uma ilusão, é claro, algo causado pela sombra ou o nó da madeira na parede dos fundos da casinha. A luz do sol acertava em cheio a casinha de quinze por vinte e três centímetros, no canto entre o armazém de ferramentas e a parede de tijolos do jardim. Edith foi chegando mais perto, até ficar a uns três metros de distância. A cara desapareceu.

"Que esquisito", pensou ela, enquanto retornava ao bangalô. Ela teria de contar aquilo a Charles mais à noite.

Porém esquecera de contar a Charles.

Três dias depois, viu a cara de novo. Dessa vez, estava se levantando depois de ter deixado duas garrafas vazias de leite no degrau da porta dos fundos. Um par de olhos negros, brilhantes feito bolas de gude, olhavam para ela, direto e reto da casa de passarinho, e pareciam estar rodeados de pelos acastanhados. Edith encolheu-se, mas depois ficou rígida. Pensou ter visto duas orelhas redondas e uma boca que não era nem de bicho nem de pássaro, totalmente ameaçadora e cruel.

Mas ela sabia que a casa de passarinhos estava vazia. A família de chapins-azuis tinha alçado voo há algumas semanas, e os filhotinhos dos chapins escaparam por um pio, pois o gato dos Mason, da casa vizinha, havia demonstrado interesse; o gato conseguiria alcançar o buraco com uma das patas, subindo no telhado do armazém de ferramentas, e Charles fizera o buraco um tantinho grande demais para os chapins-azuis. Mas Edith e Charles haviam afugentado Jonathan dali, até que os passarinhos estivessem bem longe. Depois, dias mais tarde, Charles havia retirado a casinha – estivera pendurada como um quadro, em um arame preso a um prego – e a sacudido bem, para ter certeza de que não havia ficado nenhum resíduo dentro. Os chapins poderiam fazer um ninho ali outra vez, ele disse. Mas ainda não haviam feito, Edith tinha certeza, pois andava de olho.

E esquilos nunca faziam ninhos em casas de passarinho. Ou faziam? De qualquer jeito, não havia esquilos por ali. Ratos? Jamais escolheriam uma casa de passarinho como lar. De qualquer modo, como conseguiriam entrar ali, sem voar?

Enquanto esses pensamentos passavam pela cabeça de Edith, ela olhava fixamente para aquela cara marrom e intensa, e os olhos negros, penetrantes, olhavam de volta para ela.

"Vou lá, ver do que se trata", pensou Edith, e pôs os pés no caminho que levava ao barracão. Mas deu apenas três passos, e parou. Não queria encostar na casinha e acabar mordida, quiçá pelos dentes de um roedor sujo. Ela contaria para Charles àquela noite. Mas agora que estava mais perto, a coisa continuava lá, mais nítida do que nunca. Não era uma ilusão de óptica.

O marido, Charles Beaufort, um engenheiro de computação, trabalhava numa fábrica a treze quilômetros de onde moravam. Ele franziu levemente o cenho e deu um sorriso quando Edith contou o que havia visto.

– É mesmo? – disse ele.

– *Pode ser* que eu esteja enganada. Eu queria que você chacoalhasse aquela coisa de novo para ver se tem algo dentro – pediu-lhe Edith, também sorrindo, embora seu tom fosse sincero.

– Certo, farei isso – assentiu Charles rapidamente, e começou a falar de outra coisa. Eles estavam no meio do jantar.

Edith precisou relembrá-lo quando estavam pondo as louças na máquina de lavar. Queria que ele desse uma olhada antes que escurecesse. Então Charles foi lá fora, e Edith ficou parada no degrau da porta, observando. Charles bateu de leve na casinha, escutou com o ouvido atento. Retirou a casinha do prego, chacoalhou e virou devagar, com o buraco para baixo. Chacoalhou novamente.

– Não tem absolutamente nada – gritou para Edith. – Nem mesmo um pedaço de palha.

Abriu um sorriso largo para a esposa e pendurou a casa de passarinho de volta no prego.

– Mas o que será que você viu aqui? Não tinha tomado umas doses de uísque, tinha?

– Não! Eu descrevi para você – Edith sentiu-se vazia de repente, destituída de alguma coisa. – Tinha a cabeça um pouco maior que a de um esquilo, olhos negros lustrosos e uma espécie de boca séria.

– Uma boca séria! – Charles jogou a cabeça para trás e gargalhava, ao entrar de volta em casa.

— Uma boca tensa. Tinha um olhar ameaçador — Edith disse categoricamente.

Porém, não falou mais nada sobre o assunto. Sentaram na sala de estar, Charles examinou o jornal, depois abriu a pasta de relatórios do escritório. Edith olhava um catálogo, tentando escolher um padrão de azulejos para a parede da cozinha. Azul e branco, ou rosa e branco com azul? Ela não tinha ânimo para decidir, e Charles jamais a ajudava, apenas dizia agradavelmente:

— O que você gostar está bom para mim.

Edith estava com trinta e quatro anos. Ela e Charles estavam casados há sete. No segundo ano de casamento, Edith perdeu o bebê que estava esperando. Ela perdeu de forma um tanto deliberada, por estar em pânico de dar à luz. Melhor dizendo, sua queda escada abaixo fora um tanto proposital, se ela estivesse disposta a admitir, mas o aborto espontâneo ficara registrado como o resultado de um acidente. Nunca mais tentara ter outro filho, e ela e Charles sequer voltaram a tocar no assunto.

Considerava a si mesma e a Charles como um casal feliz. Charles estava indo bem na Pan-Com Instrumentos, e eles tinham mais dinheiro e mais liberdade do que vários de seus vizinhos que estavam amarrados com dois ou mais filhos. Os dois gostavam de receber amigos, Edith, especialmente na casa, e Charles, no barco deles, uma lancha de trinta pés, onde poderiam dormir quatro pessoas. Eles viajavam pelo rio e os canais de navegação nos fins de semana quando o tempo estava bom. Edith cozinhava quase tão bem flutuando quanto em terra firme, e Charles colaborava com os drinques, o equipamento de pesca e o toca-discos. Ele também podia, atendendo a pedidos, dançar o *hornpipe*, ao som da gaita de foles.

Durante o fim de semana que se seguiu – não um fim de semana para passear de barco, porque Charles teve que trabalhar – Edith voltou os olhos várias vezes para a casa de passarinhos vazia, tranquilizada agora, porque *sabia* não ter nada ali dentro. Quando a luz do sol iluminara a casa, ela não vira nada, apenas o marrom pálido dentro do buraco redondo, na parte de trás da casinha; e à sombra, o buraco parecera preto.

Na segunda-feira à tarde, enquanto trocava a roupa de cama, em tempo para o rapaz da lavanderia que chegaria às três horas, ela viu algo escorregar por debaixo do cobertor que acabara de apanhar do chão. Alguma coisa atravessou correndo o piso e saiu pela porta, algo que era marrom e muito maior do que um esquilo. Edith assustou-se, deixando cair o cobertor. Foi pé ante pé até a porta do quarto, examinou todo o corredor até as escadas, os cinco primeiros degraus que ela podia ver dali.

Que tipo de animal não faria barulho nenhum, nem mesmo numa escada de madeira de lei? Teria realmente visto alguma coisa? Mas ela tinha certeza que sim. Havia inclusive vislumbrado os pequenos olhos negros. Era o mesmo animal que ela havia visto escondido na casa de passarinho.

"A única coisa a fazer é encontrar o bicho", disse a si mesma. Pensou logo em um martelo, como arma em caso de necessidade, mas o martelo estava no andar de baixo. Pegou, portanto, um livro pesado e desceu cuidadosamente as escadas, alerta e procurando em todos os lugares, conforme sua visão se ampliava ao pé da escada.

Não havia nada à vista na sala de estar. Mas poderia estar embaixo do sofá ou da poltrona. Foi até a cozinha e tirou o martelo da gaveta. Voltou à sala de estar e deu um empurrão repentino, de um metro mais ou menos, na poltrona. Nada. Descobriu que estava com medo de se abaixar para olhar embaixo do sofá, cuja capa chegava quase até o chão, porém empurrou o móvel alguns centímetros e escutou. Nada.

Pode ser que seus olhos tenham lhe pregado uma peça, ela supôs. Algo como uma mancha pairando na visão logo após ter se abaixado sobre a cama. Resolveu não contar nada a Charles sobre aquilo. No entanto, de certo modo, o que vira no quarto havia sido bem mais definitivo do que o que vira na casa de passarinho.

"Um filhote de yuma", pensou ela, uma hora mais tarde enquanto polvilhava farinha em um pedaço de carne para assar. Um yuma. Agora, de onde é que ele aparecera? Existiria um animal assim? Teria ela visto uma fotografia em uma revista, ou lido a palavra em algum lugar?

Edith se esforçou para terminar tudo que pretendia fazer na cozinha, então foi até o dicionário grande e procurou a palavra yuma. Não estava no dicionário. Um truque de sua mente, pensou ela. Assim como provavelmente o animal havia sido um truque de seus olhos. Mas era estranho como combinavam, como se o nome fosse absolutamente correto para o animal.

Dois dias depois, quando ela e Charles levavam xícaras de café para a cozinha, Edith viu-o lançar-se da parte de baixo do refrigerador – ou da parte de trás do refrigerador – na diagonal, atravessando o batente da cozinha direto para a sala de jantar. Ela quase deixou cair a xícara com o pires, mas conseguiu segurar, e eles quebraram-se em suas mãos.

– O que houve? – perguntou Charles.

– Eu vi de novo! – exclamou Edith. – O bicho.

– O quê?

– Eu não contei – começou ela, subitamente com a garganta seca, como se estivesse fazendo uma confissão dolorosa. – Eu acho que vi aquela coisa, a coisa que estava na casa de passarinho, lá em cima no quarto na segunda-feira. E acho que vi a coisa de novo. Bem agora.

– Edith, querida, não havia nada na casa de passarinho.

– Não quando você olhou. Mas esse bicho se move muito rápido. Ele quase voa.

A expressão de Charles foi ficando mais preocupada. Ele olhou para onde ela estivera olhando, o batente da cozinha.

– Você o viu ainda agora? Vou ver – disse ele, e entrou na sala de jantar.

Ele deu uma espiada por todo o chão, olhou de esguelha para a esposa e então, como quem não quer nada, abaixou-se e olhou embaixo da mesa entre as pernas das cadeiras.

— Sério, Edith...

— Olha na sala de estar — implorou Edith.

Charles foi, levou talvez quinze segundos, e voltou, sorrindo de leve.

— Sinto muito por dizer isso dona moça, mas acho que você está vendo coisas. A menos, é claro, que fosse um ratinho. Pode ser que tenhamos camundongos. Espero que não.

— Ah, é muito maior. E é marrom. Camundongos são cinza.

— É — disse Charles hesitante. — Bem, não se preocupe, querida, não vai atacar você. Está fugindo — acrescentou, numa voz totalmente sem convicção. — Se necessário, contratamos um exterminador.

— Sim — ela respondeu prontamente.

— Qual o tamanho dele?

Ela posicionou as mãos a uns quarenta centímetros de distância uma da outra.

— Grande assim.

— Parece que poderia ser um furão — sugeriu ele.

— É mais ágil. E tem olhos negros. Ainda agora ele parou por um instante apenas e olhou diretamente para mim. Sério, Charles.

A voz dela tinha começado a falhar. Ela apontou o lugar junto ao refrigerador.

– Bem ali, ele parou por uma fração de segundo e...

– Edith, você precisa se controlar.

Ele apertou o braço dela.

– Tem uma cara de malvado. Nem posso contar.

Charles, em silêncio, olhava para ela.

– Existe algum animal chamado yuma? – ela perguntou.

– Um yuma? Nunca ouvi falar. Por quê?

– Porque o nome me veio hoje, assim do nada. Eu pensei que... porque eu tinha pensado nisso e nunca tinha visto um bicho como aquele, que talvez tivesse visto o nome em algum lugar.

– Y-u-m-a?

Edith fez que sim.

Charles, sorrindo de novo, porque aquilo estava se transformando em uma brincadeira engraçada, foi até o dicionário, como Edith tinha feito, e procurou a palavra. Fechou o dicionário e foi consultar a *Encyclopedia Britannica* nas prateleiras inferiores da estante de livros. Depois de um minuto de busca, disse a Edith:

– Não está no dicionário, e também não está na *Britannica*. Acho que você inventou a palavra – e deu risada. – Ou talvez seja uma palavra de *Alice no País das Maravilhas*.

"É uma palavra real", pensou Edith, mas não teve coragem de dizer. Charles negaria.

Edith se sentiu exausta e foi para a cama por volta das dez horas com um livro. Mas ainda estava lendo, quando Charles entrou, um pouco antes das onze. Naquele momento, ambos viram o bicho: ele havia disparado do pé da cama, atravessado o carpete totalmente à vista de Edith e Charles, fora para baixo da cômoda e, pensou Edith, porta afora. Charles deve ter pensado a mesma coisa, pois virou-se rapidamente para procurar no corredor.

– Você viu! – exclamou Edith.

A expressão de Charles estava rígida. Ele acendeu a luz do corredor, olhou e desceu as escadas.

Já estava no andar de baixo há uns três minutos, e Edith escutou-o empurrando os móveis de um lado para o outro. Então ele voltou.

– Sim, eu vi – o rosto dele de repente parecia pálido e cansado.

Mas Edith deu um suspiro e quase sorriu, feliz que ele finalmente acreditara nela.

– Vê agora o que quero dizer. Eu não estava vendo coisas.

– Não – Charles concordou.

Edith estava sentada na cama.

— O mais terrível é que o bicho parece inapanhável.

Charles começou a desabotoar a camisa.

— Inapanhável. Que palavra. Nada é inapanhável. Talvez seja um furão. Ou um esquilo.

— Você não sabe ao certo? Passou bem do seu lado.

— Bem — ele riu. — Foi *muito* rápido. Você já o viu duas ou três vezes e também não sabe dizer o que é.

— Tinha rabo? Eu não sei dizer se tinha ou se aquilo era o corpo inteiro, aquele comprimento todo.

Charles ficou em silêncio. Ele alcançou o camisolão e o vestiu devagar.

— Acho que é menor do que parece. É rápido, então parece espichado. Pode ser um esquilo.

— Os olhos são na frente da cabeça. Os olhos dos esquilos são meio que do lado.

Charles parou ao pé da cama e olhou embaixo. Passou a mão pelo pé que dobrava, embaixo da cama. Então levantou-se.

— Olha, se a gente vir ele de novo, *se* é que nós vimos...

— Como assim *se*? Você viu, você disse que sim.

— Eu *acho* que sim — riu Charles. — Como vou saber se meus olhos ou minha mente não estão me pregando uma peça? Sua descrição foi tão eloquente.

Ele soava quase irritado com ela.

– Bem, e *se*?

– Se o virmos de novo, vamos pegar um gato emprestado. Um gato vai encontrá-lo.

– Não o gato dos Masons. Eu detestaria ter de pedir a eles.

Eles tinham jogado seixos no gato dos Masons para afugentá-lo quando os chapins-azuis estavam começando a voar. Os Masons não gostaram nada daquilo. Eles ainda se davam bem com os vizinhos, mas nem Edith, nem Charles sonhariam em pedir Jonathan emprestado.

– Poderíamos chamar um exterminador – falou Edith.

– Ha! E o que é que vamos dizer para ele procurar?

– O que nós vimos – disse Edith, incomodada, pois fora Charles quem sugerira um exterminador poucas horas antes.

Ela estava interessada na conversa, interessada de forma vital, e no entanto o assunto a deprimia. Sentia que era algo vago e sem esperança e queria entregar-se ao sono.

– Vamos tentar um gato – decidiu Charles. – Você sabe, o Farrow tem um gato. Ele pegou dos vizinhos. Sabe, o Farrow, o contador que mora na Shanley Road? Ele trouxe o gato para casa quando os vizinhos do lado se mudaram. Mas a esposa dele não gosta de gatos, parece. Esse...

– Eu também não sou louca por gatos – disse Edith. – Nós não queremos adquirir um gato.

– Não. Tudo bem. Mas tenho certeza de que poderíamos pegar aquele emprestado, e o motivo por que pensei nele é que Farrow diz que o gato é um caçador maravilhoso. É uma fêmea de nove anos de idade, diz ele.

Charles chegou em casa com a gata na noite seguinte, meia hora mais tarde do que de costume porque havia ido à casa de Farrow para buscá-la. Ele e Edith fecharam as portas e janelas, então deixaram a gata sair do cesto onde estava na sala de estar. A gata era branca com listras acinzentadas e o rabo preto. Ela ficou parada, dura, olhando tudo ao redor com um ar mal-humorado e um tanto desaprovador.

– Aí está, Puss-Puss – disse Charles, curvando-se, mas sem tocar na gata. – Você só vai ficar aqui por um ou dois dias. Nós temos leite, Edith? Ou, melhor ainda, nata.

Fizeram uma cama de papelão para ela, puseram uma toalha velha ali, e colocaram no canto da sala de estar, mas a gata preferia a ponta do sofá. Ela tinha explorado a casa superficialmente e não demonstrara interesse nos armários ou guarda-roupas, embora Edith e Charles tivessem esperanças de que ela fosse se interessar. Edith disse que achava a gata velha demais para ser útil na captura de qualquer coisa.

Na manhã seguinte, a sra. Farrow ligou para Edith e disse que eles poderiam ficar com a Puss-Puss se quisessem:

– Ela é uma gata limpa e muito saudável. Eu simplesmente não gosto de gatos. Então se você se apegar a ela, ou ela se apegar a você...

Edith esquivou-se com uma rara e fervorosa explosão de agradecimentos e explicações de por que eles tinham pedido a gata emprestada, e prometeu ligar para a sra. Farrow dentro de alguns dias. Edith disse que achava que eles estavam com camundongos, mas não tinha certeza ainda para mandar chamar um exterminador. Aquele esforço verbal a exauriu.

A gata passava a maior parte do tempo dormindo, tanto na ponta do sofá como ao pé da cama no andar de cima. Edith não apreciava muito, mas tolerava, para não se indispor com a gata. Até falava de forma afetuosa com ela e levava-a até as portas abertas do guarda-roupas;

mas Puss-Puss sempre ficava um pouco rígida, não de medo, mas de tédio, e imediatamente se afastava. Enquanto isso, ela se alimentava bem do atum que os Farrow tinham recomendado.

Na sexta-feira à tarde, Edith estava polindo a prataria na mesa da cozinha quando viu aquela coisa passar correndo no chão, bem junto dela, chegando por trás, passando da porta da cozinha para a sala de jantar, como um foguete marrom. E viu o bicho dobrar à direita na sala de estar onde a gata estava dormindo.

Edith levantou-se imediatamente e foi até a porta da sala de estar. Nem sinal daquilo agora, e a cabeça da gata ainda descansava sobre as patas. Os olhos da gata estavam fechados. O coração de Edith batia rápido. O medo misturava-se com impaciência e, por um instante, experimentou uma sensação de caos e desordem terrível. O animal estava na sala! E a gata fora totalmente inútil! E os Wilson estavam vindo para o jantar às sete horas. E ela mal teria tempo de falar com Charles sobre aquilo porque ele iria tomar banho e trocar de roupa, e ela não podia, não iria mencionar o assunto na frente dos Wilson, embora conhecesse os Wilson intimamente. Quando o caos de Edith transformou-se em frustração, lágrimas lhe ardiam nos olhos. Imaginou-se sobressaltada e desajeitada a noite toda, derrubando as coisas, sem poder dizer o que estava errado.

– O yuma. O desgraçado do yuma! – murmurou amarga, então voltou para a prataria, terminou de polir as peças obstinadamente e arrumou a mesa.

O jantar, no entanto, transcorreu muito bem e nada foi derrubado ou queimado. Christopher Wilson e a esposa Frances moravam do outro lado do povoado e tinham dois meninos, um de sete e outro de cinco anos. Christopher era advogado da Pan-Com.

– Você está um pouco pálido, Charles – comentou Christopher. – Que tal se você e Edith se juntassem a nós no próximo domingo? – olhou para a esposa. – Estamos indo nadar em Hadden, e depois vamos fazer um piquenique. Apenas nós e os meninos. E muito ar fresco.

– Ah – Charles esperava que Edith fosse recusar, porém ela ficara em silêncio. – Agradeço muito. Mas de minha parte, tínhamos até pensando em passear de barco em algum lugar. No entanto, pegamos uma gata emprestada, e não acho que seria bom deixá-la sozinha o dia inteiro.

– Uma gata? Emprestada? – interessou-se Frances Wilson.

– Sim. Achamos que poderíamos ter camundongos na casa e queríamos descobrir. – Edith acrescentou e sorriu.

Frances perguntou uma coisa ou outra sobre a gata, e então o assunto foi esquecido. Puss-Puss, naquele momento, estava no andar de cima, pensou Edith. Ela sempre ia lá para cima quando algum desconhecido entrava na casa.

Mais tarde, depois dos Wilson terem saído, Edith contou a Charles sobre ter visto o animal de novo na cozinha, e sobre a falta de preocupação de Puss-Puss.

– Esse é o problema. O bicho não faz um barulho sequer – disse Charles. – Tem *certeza* de que o viu?

– A mesma certeza que tenho de que já o vi alguma vez – respondeu Edith.

– Vamos dar mais alguns dias para a gata – sentenciou Charles.

Na manhã seguinte, sábado, Edith desceu as escadas em torno das nove horas para começar a preparar o café da manhã e ficou estarrecida ao ver o que estava no chão da sala de estar. Era o yuma, morto, com a cabeça, o rabo e o abdômen mutilados. Na verdade, o rabo inteiro fora arrancado à dentadas, exceto por um toco ainda úmido, de uns cinco centímetros.

E quanto à cabeça, não havia nenhuma. Mas o pelo era marrom, quase preto onde estava molhado de sangue.

Edith virou-se e correu escada acima.

– Charles!

Ele estava acordado, porém sonolento:

– Quê?

– A gata pegou o bicho. Está na sala de estar. Desce, por favor? ...Eu não consigo nem olhar, realmente não consigo.

– Claro, querida – disse Charles, jogando as cobertas para o lado.

Ele chegou lá embaixo alguns segundos depois. Edith o seguiu.

– Hmm. Bem grande – observou ele.

– O que é?

– Não sei. Vou pegar a pá de lixo – foi até a cozinha.

Edith rondava, vendo ele empurrar o bicho sobre a pá com um jornal enrolado. Ele analisava o sangue coagulado, a traqueia mordida, os ossos. As patas tinham garrinhas.

– O que é? Um furão? – perguntou Edith.

– Não sei. Não sei mesmo. – Charles rapidamente enrolou a coisa com jornal. – Vou jogar isso fora no latão de lixo. Segunda é o dia da coleta, não é?

Edith não respondeu.

Charles passou pela cozinha e ela ouviu o ruído da tampa do latão do lado de fora da porta.

– Onde está a gata? – perguntou quando ele entrou novamente.

Ele foi lavar as mãos na pia da cozinha.

– Não sei.

Ele pegou o esfregão de assoalho e levou para a sala de estar. Limpou o lugar onde o animal estivera estirado.

– Não tem muito sangue. Não vejo nada de sangue aqui, na verdade.

Enquanto eles tomavam o café da manhã, a gata entrou pela porta da frente, que Edith havia aberto para arejar a sala, embora não tivesse percebido nenhum mau cheiro. A gata olhou para eles de um jeito cansado, mal levantou a cabeça e disse "mi-aau". O primeiro som que emitia desde que havia chegado.

– Boa gatinha! Grande Puss-Puss! – disse Charles, com entusiasmo.

Mas a gata esquivou-se da mão congratulatória que quase encostara nas suas costas e foi devagar para a cozinha rumo ao seu desjejum de atum.

Charles olhou para Edith com um sorriso que ela tentou retribuir. Ela mal tinha terminado seu ovo, mas não conseguia morder mais nenhum pedaço da torrada.

Ela pegou o carro e fez as compras num estado de névoa mental, cumprimentando rostos conhecidos como sempre fazia, no entanto não sentia nenhuma conexão entre ela e as outras pessoas. Quando chegou em casa, Charles estava deitado na cama, completamente vestido, as mãos atrás da cabeça.

– Estava me perguntando onde você andava – disse Edith.

– Me senti sonolento. Desculpe.

Ele sentou-se.

– Não peça desculpas. Se você quer tirar uma soneca, tire uma.

– Eu ia tirar as teias de aranha da garagem e dar uma boa varrida – levantou-se. – Mas, você não está feliz que o bicho se foi, querida, o que quer que tenha sido? – perguntou, forçando uma risada.

– Claro. Sim, Deus bem sabe.

Mas ela ainda estava deprimida e sentia que Charlie também estava. Parou hesitante no vão da porta:

– Eu só me pergunto o que será que era.

Se tivéssemos ao menos visto a cabeça, pensou, mas não teve coragem de dizer. Será que a cabeça não apareceria, dentro ou fora de casa? A gata não poderia ter comido o crânio.

– Algo como um furão – disse Charles. – Podemos devolver a gata agora se você quiser.

Porém decidiram esperar até o dia seguinte para ligar para os Farrow.

Agora Puss-Puss parecia sorrir quando Edith olhava para ela. Era um sorriso cansado, ou estaria a fadiga apenas nos olhos? Afinal de contas, a gata tinha nove anos. Edith olhou de esguelha para ela muitas vezes enquanto fazia suas tarefas daquele fim de semana. A gata tinha um ar diferente, como se soubesse ter cumprido com seu dever, mas não sentisse nenhum orgulho especial disso.

Curiosamente, Edith sentia que a gata tinha feito uma aliança com o yuma, ou qualquer que tenha sido o animal – fez ou tinha feito uma aliança. Eram ambos animais e tinham um entendimento mútuo: um, o inimigo e também o mais forte; o outro, a presa. E a gata havia conseguido enxergar o outro, talvez ouvi-lo também, e havia conseguido enfiar as garras nele. Acima de tudo, a gata não tivera medo como ela, e até como Charles havia tido, pressentia Edith. Enquanto pensava nisso, Edith percebeu que não gostava da gata. Tinha um jeito sombrio, dissimulado. A gata tampouco realmente gostava deles.

Edith tivera a intenção de telefonar para os Farrow em torno das três horas no domingo à tarde, mas Charles pegou, ele mesmo, o telefone e disse a Edith que iria ligar. Edith receava ouvir até mesmo a parte de Charles na conversa, mas ficou sentada no sofá com os jornais de domingo, escutando.

Charles agradeceu profusamente e disse que a gata tinha capturado algo como um esquilo grande ou um furão. Mas eles realmente não queriam ficar com a gata, mesmo sendo tão boazinha, e será que eles poderiam levá-la de volta, em torno, digamos, das seis?

– Mas... o trabalho dela foi concluído, veja bem, e somos imensamente gratos... Posso perguntar na fábrica se teria alguém que gostaria de uma gata simpática.

Charles alargou o colarinho depois de desligar o telefone.

– Ufa! Essa foi difícil. Me senti desprezível! Mas no fim das contas, não tem porque dizer que queremos a gata quando não queremos. Ou tem?

– Claro que não. Mas deveríamos levar uma garrafa de vinho ou alguma coisa para eles, você não acha?

– Sem dúvida. Que ótima ideia! Temos alguma?

Não tinham. Não havia nada parecido com alguma bebida fechada, a não ser uma garrafa de uísque, que Edith sugeriu com alegria.

– Eles nos fizeram um grande favor – disse Edith.

Charles sorriu.

– Fizeram mesmo!

Charles embrulhou a garrafa com uma folha de papel de seda verde, do tipo que a loja de bebidas deles usava nas entregas, e puseram Puss-Puss no cesto.

Edith tinha dito que não fazia questão de ir, mas que por favor ele repassasse seus agradecimentos aos Farrow. Então Edith sentou-se no sofá e tentou ler os jornais, mas descobriu-se perdida em pensamentos. Olhou ao redor da sala vazia e silenciosa, olhou para o pé da escada e para além da porta da sala de jantar.

Estava morto agora, o filhote de yuma. Por que pensara ser um filhote, não sabia. Um filhote *de quê?* Mas sempre pensara nele como pequeno – e ao mesmo tempo tão cruel, e sabendo tudo sobre as crueldades e as maldades do mundo, do mundo animal e do mundo humano. E seu pescoço havia sido decepado por uma gata. Eles não encontraram a cabeça.

Ela ainda estava no sofá quando Charles retornou.

Ele entrou na sala de estar com um passo lento e afundou-se na poltrona.

– Bem, eles não queriam exatamente pegar ela de volta.

– Como assim?

– Ela não é deles, você sabe. Eles só tinham se comprometido com ela por bondade, ou algo assim, quando os vizinhos do lado foram embora. Eles estavam indo para a Austrália e não podiam levar a gata com eles. A gata meio que fica por ali, ao redor das duas casas, mas os Farrow dão comida para ela. É triste.

Edith sacudiu a cabeça involuntariamente.

– De fato não gostei da gata. É velha demais para uma casa nova, não é?

– Suponho que sim. Bem, ao menos ela não vai morrer de fome com os Farrow. Podemos tomar uma xícara de chá, o que acha? Eu prefiro isso a um drinque.

E Charles foi deitar-se cedo, depois de massagear o ombro direito com um unguento. Edith sabia que ele receava que a bursite ou o reumatismo voltassem.

– Estou ficando velho – disse Charles. – De qualquer modo, me sinto velho essa noite.

Edith também. E também sentia melancolia. Em frente ao espelho do banheiro achou que as pequenas linhas sob seus olhos pareciam mais profundas. O dia tinha sido tenso para um domingo. Mas o horror estava fora da casa. Isso já era alguma coisa. Já convivera com aquilo por quase uma quinzena.

Agora que o yuma estava morto, percebia qual havia sido o problema, ou apenas agora conseguia admitir. O yuma havia reaberto o passado, e era como um desfiladeiro escuro e aterrorizante. Trouxera de volta a época em que perdera seu filho, de propósito, e havia reacendido a memória do então desgosto amargo de Charles e, depois, a falsa indiferença. Trouxera de volta a culpa. E ela se perguntava se o animal teria causado o mesmo em Charles? Ele não havia sido tão inteiramente honrado nos seus primeiros tempos na Pan-Com. Havia delatado um homem para um supervisor, o homem fora demitido, Charles ficara com o emprego, e o outro depois cometeu suicídio. Simpson. Charles na época ficara indiferente. Mas será que o yuma o fizera lembrar-se de Simpson? Nenhuma pessoa, nenhum adulto no mundo tinha um passado impecável, um passado sem nenhum crime...

Menos de uma semana depois, Charles estava molhando as rosas ao entardecer, quando viu a face de um animal no buraco da casa de passarinho. Era a mesma cara do outro bicho, ou a cara que Edith havia descrito para ele, embora ele nunca tivesse conseguido ver tão bem quanto agora.

Lá estavam os olhos fixos e negros, brilhantes, a boquinha malvada, o temível estado de alerta que Edith havia relatado. A mangueira, esquecida em suas mãos, disparava água diretamente contra a parede de tijolos. Ele deixou cair a mangueira e foi em direção à casa, para desligar a água, com a intenção de tirar a casinha da parede imediatamente e ver o que havia ali; mas pensou também que a casinha não era grande o suficiente para acomodar um animal como o que a Puss-Puss tinha pegado. Isso era certo.

Charles estava quase na casa, corria, quando viu Edith parada na soleira da porta.

Ela estava olhando para a casinha:

– Lá está ele *de novo*!

– Sim. Desta vez vou ver o que é.

Charles desligou a água.

Ele partiu para a casinha num trote, mas parou no meio do caminho, olhando para o portão.

Pelo portão de ferro aberto vinha Puss-Puss, parecendo encharcada e exausta, até mesmo apologética. Ela estivera caminhando, mas agora trotava de um jeito idoso em direção a Charles, a cabeça pendendo.

– Ela voltou – disse Charles.

Uma melancolia assustadora tomou conta de Edith. Parecia tudo tão predestinado, tão terrivelmente previsível. Haveria mais e mais yumas. Quando Charles chacoalhasse a casinha daqui um instante, não haveria nada ali, e então ela veria o animal pela casa, e Puss-Puss mais uma vez o mataria. Ela e Charles, juntos, estariam condenados a isso.

– Ela encontrou o caminho de volta de lá até aqui, tenho certeza. Três quilômetros – disse Charles sorrindo para Edith.

Edith, em contrapartida, cerrou os dentes para reprimir um grito.

Três poemas

Kitten

Everything in the world
Was made for me to play with:
Grasshoppers, chairs rungs, polkadots,
Shadows, dustballs and my own tail.
There are so many corners, half open doors,
And undersides of things to look at,
So many places to go, that I go wild
That I cannot be in all of them at the same time.
Then I get tired.

O filhote

Tudo no mundo
Foi feito para eu brincar:
Gafanhotos, pés de cadeiras, *petit-pois*,
Sombras, bolas de poeira e meu próprio rabo.
Há tantos cantinhos, portas entreabertas,
E forros de coisas para olhar,
Tantos lugares para ir, que fico doido
De não poder estar em todos eles ao mesmo tempo.
E então me canso.

CAT

Mice were made for me. Stealthily
I watch them, when they do not know I am watching.
Then I leap.
I like the nighttime better than the day.
Nothing can see as well at night or go as quietly
As I go. Sometimes I knock birds,
Stupidly sleeping on a branch,
Off to the ground, where I break their necks
With my jaws. Then I play with them while they die,
Batting them with my paws
As though I were a kitten still.
Sometimes the nights are bright
And I am crazy with loneliness,
And cry to the moon, and listen,
And I go to where I heard an answer.

O gato

Os camundongos foram feitos para mim. Sor-
 rateiramente
Eu os observo, quando não sabem que estou
 observando.
Então eu salto.
Gosto da noite mais do que do dia.
Nada consegue enxergar tão bem à noite ou se
 mover tão silenciosamente
Como eu. Algumas vezes eu derrubo pássaros,
Que dormem apalermados sobre um galho,
Direto ao chão, onde quebro seus pescoços
Com minhas mandíbulas. E então brinco com
 eles enquanto morrem,
Dando-lhes tapas com minhas patas
Como se eu fosse ainda um filhote.
Às vezes as noites são claras
E fico louco de tanta solidão,
E suplico à lua, e escuto,
E vou onde ouvi uma resposta.

Old Cat

There was nothing made for me,
No, not even the fireplace,
For sometimes I am cold and there is no fire,
And other times I am not allowed here.
Shadows bore me, and if they are a mystery
It is a dull one. My great-great-great grandchildren
Play foolishly around me, but I know by now
The undersides of things are just the undersides,
And behind the half open door
Is another room like this one.
I like to sit with my eyes half shut,
Because I have seen everything
And my memories are far more interesting.
I am at peace with everything.
Even the mice can come within inches,
Knowing I have forgotten our old war.
Only my great-great-great grandchildren
Annoy me sometimes, pulling at my tail,
Slipping and sliding all over me.
I give them a good box on the ears,
And go back where I left off thinking.
I am at peace with everything.

O gato velho

Nada foi feito para mim,
Não, nem mesmo a lareira,
Pois algumas vezes sinto frio e não há fogo,
E outras vezes, não me deixam ir até ali.
Sombras me entediam, e se acaso são um mistério
É bem sem graça. Meus ta-tataranetos
Brincam insensatos ao meu redor, mas eu agora já sei
Que os forros das coisas são apenas forros,
E que atrás da porta entreaberta
Há outra sala como esta aqui.
Gosto de sentar com meus olhos semicerrados,
Porque já vi de tudo
E minhas memórias são bem mais interessantes.
Estou em paz com tudo.
Até os camundongos podem vir a poucos centímetros,
Sabendo que aposentei nossa antiga guerra.
Apenas meus ta-tataranetos
Me irritam às vezes, puxando meu rabo,
Esbarrando e escorregando por cima de mim.
Dou-lhes uns bons tapas nas orelhas,
E volto para onde deixei meus pensamentos.
Estou em paz com tudo.

Um ensaio

Sobre gatos e estilos de vida

Se me pedissem para completar a frase: "Eu gosto de gatos porque...", duvido que ganhasse algum prêmio, mas sei o que gosto neles e por quê. Gosto de gatos porque eles são elegantes e silenciosos, e têm efeito decorativo; uns leõezinhos razoavelmente dóceis, andando pela casa. Poderia dizer que eles são silenciosos na maior parte do tempo, porque um siamês no cio não é silencioso. Acredito que os gatos dão menos trabalho do que os cachorros, embora admita que cachorros, em geral, viajam melhor.

Para desconsiderar as reclamações habituais sobre gatos, como móveis arranhados e uma casa fedorenta, posso dizer que tive sorte. Já vi casas de outras pessoas onde os gatos praticamente tomaram conta do lugar. Uma porta oval com painéis de plástico está instalada na minha porta da frente, e meus dois siameses preferem ir para a rua a usar dentro de casa o que chamamos discretamente de caixinha higiênica – embora eu tenha providenciado instalações dentro de casa quando eram filhotes. Eles tomaram gosto pela vida lá fora assim que puderam. Eu moro no campo e tenho um jardim cercado, então fica fácil para eles, e para mim. Eu não gostaria de ter de levar um cachorro para tomar ar, de duas a três vezes por dia, em todo e qualquer tipo de clima. Quanto a arranharem, também não é problema. Preguei um capacho comum em uma tábua curta – com algumas tiras de borracha na parte superior e inferior da tábua para não escorregar – e encostei contra uma parede fora do caminho no meu banheiro do andar de baixo. Os gatos adoram enfiar as unhas ali, porque faz um crepitar satisfatório. É a inclinação do capacho que atrai os gatos, não os postes verticais com aromas industrializados que são vendidos a preços altíssimos nas lojas de animais.

Gatos dando uma de Watson? Fazendo perguntas ingênuas? Descobrindo a verdade dos fatos de forma acidental? Penso que os gatos dariam Watsons muito piores que os dos cachorros. Tanto os gatos como os cachorros confiam mais em seus focinhos do que nos olhos, mas será que um gato teria interesse? Por curiosidade, um gato poderia mostrar o caminho até um cadáver, poderia também indicar hostilidade a uma pessoa com um rosnar espantosamente profundo, ou mesmo saindo da sala. Nunca utilizei nenhum desses truques ao escrever mas, recentemente, fiz uso dos hábitos predatórios dos felinos, fazendo o gato arrastar um par de dedos humanos – pendurados aos metacarpos estraçalhados – pela portinhola de plástico, enquanto um jogo de palavras cruzadas transcorria na sala de estar.

Não são apenas as solteironas que gostam de gatos, acho. Na verdade, as solteironas (o que quer que sejam hoje em dia) deveriam estar mais inclinadas a ter um cão que ladra por questões de proteção. Raymond Chandler gostava de ter um gato roliço junto dele, ou sobre a escrivaninha. Simenon é frequentemente fotografado com algum de seus gatos, em geral um gato preto. Os gatos oferecem para o escritor algo que outros humanos não conseguem: companhia que não é exigente nem intrometida, que é tão tranquila e em constante transformação quanto um mar plácido que mal se move. Meu siamês mais jovem é educado o bastante para responder quando lhe dirijo a palavra. Se pergunto se está tendo um dia agradável, sua resposta pode ser: "Muito!", ou "Não, só mais ou menos". Quando estou trabalhando, ele me interrompe apenas se tem fome

– e ele tem uma inflexão precisa para indicar "estou com fome". Como não é comilão, nem gordo, eu sempre atendo, indo até a cozinha e buscando algo para ele.

Os gatos escondem um senso de travessura por trás da expressão serena. Já vi ambos os meus gatos procurarem o colo de um visitante que é alérgico, ou que detesta gatos abertamente. Os gatos se entediam com os amantes de gatos. Semyon, meu siamês mais novo, tem um ouvido ótimo, e xinga claramente quando o telefone toca e ele está por perto. Minha gata mais velha sabe quando estou presa ao telefone e não perde a chance de arranhar, ou fazer de conta que está arranhando, o encosto de uma poltrona vermelha de veludo a três metros de distância. Ela se diverte se eu arranco meu sapato e atiro nela.

Meu estilo de vida? Seria considerado parado demais para a maioria das pessoas, até mesmo para a maioria dos escritores. Não tenho televisão, embora esteja sempre quase pronta para comprar uma. Leio montes de jornais. Não consigo ler ficção, exceto contos, quando estou escrevendo um romance. Como exercício, arrumo o jardim. Não chamo de jardinagem, porque soa como um trabalho muito árduo, que de fato é, mas chamar de arrumação torna o trabalho mais fácil. O mesmo ocorre com qualquer problema ou catástrofe: simule uma postura calculada, chame por um outro nome e a batalha já está quase vencida.

Gosto de fazer aniversário no mesmo dia que Edgar Allan Poe: 19 de janeiro. Ele é outro não solteirão que aparentemente gostava de gatos. O de pelagem tartaruga, dele e de Virginia, a mantinha aquecida, deitando-se ao pé da cama quando ela estava doente, e eles não tinham dinheiro para aquecer decentemente o chalé em Yonkers.

Os cães são fortes, e um doberman pinscher pode exibir uma aparência ameaçadora quando se precisa de algo assim em uma história. Mas as histórias que os escritores inventam são apenas isso: ficção, e não vida real – e acho que as mentes dos escritores são ativas ou perturbadas o suficiente para precisarem da aura calmante de um gato em casa. Um gato faz de um lar, um lar; com um gato, um escritor não está só e, no entanto, está sozinho o bastante para trabalhar. Mais do que isso, um gato é uma obra de arte ambulante, dorminhoca e em constante transformação. Um escritor poderia "utilizar" um gato para farejar uma tábua de assoalho exatamente no momento certo, mas essa é uma possibilidade que soa verdadeira na vida, porém falsa na ficção. Um cachorro pode ser utilizado ou comandado, mas um gato não obedece ordens. Na verdade ninguém faz uso de um bom quadro na parede, ou de um concerto de Beethoven, e, no entanto, eles podem ser uma necessidade na existência de um indivíduo.

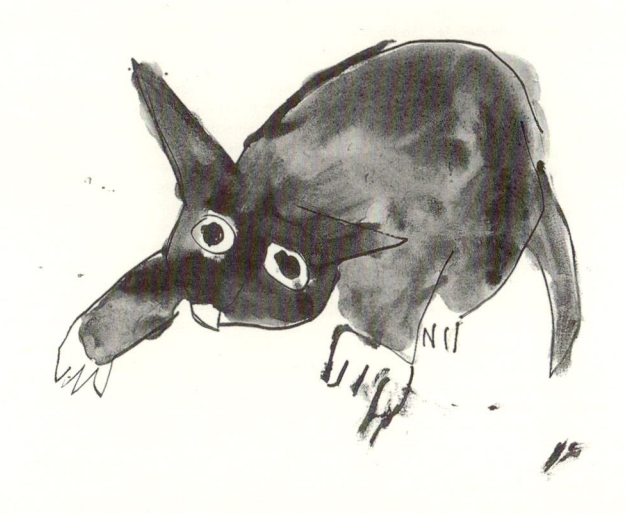

Coleção L&PM POCKET

470. **Pequenos pássaros** – Anaïs Nin
471. **Guia prático do Português correto – vol.3** – Cláudio Moreno
472. **Atire no pianista** – David Goodis
473. **Antologia Poética** – García Lorca
474. **Alexandre e César** – Plutarco
475. **Uma espiã na casa do amor** – Anaïs Nin
476. **A gorda do Tiki Bar** – Dalton Trevisan
477. **Garfield um gato de peso (3)** – Jim Davis
478. **Canibais** – David Coimbra
479. **A arte de escrever** – Arthur Schopenhauer
480. **Pinóquio** – Carlo Collodi
481. **Misto-quente** – Bukowski
482. **A lua na sarjeta** – David Goodis
483. **O melhor do Recruta Zero (1)** – Mort Walker
484. **Aline: TPM – tensão pré-monstrual (2)** – Adão Iturrusgarai
485. **Sermões do Padre Antonio Vieira**
486. **Garfield numa boa (4)** – Jim Davis
487. **Mensagem** – Fernando Pessoa
488. **Vendeta** *seguido de* **A paz conjugal** – Balzac
489. **Poemas de Alberto Caeiro** – Fernando Pessoa
490. **Ferragus** – Honoré de Balzac
491. **A duquesa de Langeais** – Honoré de Balzac
492. **A menina dos olhos de ouro** – Honoré de Balzac
493. **O lírio do vale** – Honoré de Balzac
497. **A noite das bruxas** – Agatha Christie
498. **Um passe de mágica** – Agatha Christie
499. **Nêmesis** – Agatha Christie
500. **Esboço para uma teoria das emoções** – Sartre
501. **Renda básica de cidadania** – Eduardo Suplicy
502. (1). **Pílulas para viver melhor** – Dr. Lucchese
503. (2). **Pílulas para prolongar a juventude** – Dr. Lucchese
504. (3). **Desembarcando o diabetes** – Dr. Lucchese
505. (4). **Desembarcando o sedentarismo** – Dr. Fernando Lucchese e Cláudio Castro
506. (5). **Desembarcando a hipertensão** – Dr. Lucchese
507. (6). **Desembarcando o colesterol** – Dr. Fernando Lucchese e Fernanda Lucchese
508. **Estudos de mulher** – Balzac
509. **O terceiro tira** – Flann O'Brien
510. **100 receitas de aves e ovos** – J. A. P. Machado
511. **Garfield em toneladas de diversão (5)** – Jim Davis
512. **Trem-bala** – Martha Medeiros
513. **Os cães ladram** – Truman Capote
514. **O Kama Sutra de Vatsyayana**
515. **O crime do Padre Amaro** – Eça de Queiroz
516. **Odes de Ricardo Reis** – Fernando Pessoa
517. **O inverno da nossa desesperança** – Steinbeck
518. **Piratas do Tietê (1)** – Laerte
519. **Rê Bordosa: do começo ao fim** – Angeli
520. **O Harlem é escuro** – Chester Himes
522. **Eugénie Grandet** – Balzac
523. **O último magnata** – F. Scott Fitzgerald
524. **Carol** – Patricia Highsmith
525. **100 receitas de patisseria** – Silvio Lancellotti
527. **Tristessa** – Jack Kerouac
528. **O diamante do tamanho do Ritz** – F. Scott Fitzgerald
529. **As melhores histórias de Sherlock Holmes** – Arthur Conan Doyle
530. **Cartas a um jovem poeta** – Rilke
532. **O misterioso sr. Quin** – Agatha Christie
533. **Os analectos** – Confúcio
536. **Ascensão e queda de César Birotteau** – Balzac
537. **Sexta-feira negra** – David Goodis
538. **Ora bolas – O humor de Mario Quintana** – Juarez Fonseca
539. **Longe daqui aqui mesmo** – Antonio Bivar
540. **É fácil matar** – Agatha Christie
541. **O pai Goriot** – Balzac
542. **Brasil, um país do futuro** – Stefan Zweig
543. **O processo** – Kafka
544. **O melhor de Hagar 4** – Dik Browne
545. **Por que não pediram a Evans?** – Agatha Christie
546. **Fanny Hill** – John Cleland
547. **O gato por dentro** – William S. Burroughs
548. **Sobre a brevidade da vida** – Sêneca
549. **Geraldão (1)** – Glauco
550. **Piratas do Tietê (2)** – Laerte
551. **Pagando o pato** – Ciça
552. **Garfield de bom humor (6)** – Jim Davis
553. **Conhece o Mário?** vol.1 – Santiago
554. **Radicci 6** – Iotti
555. **Os subterrâneos** – Jack Kerouac
556. (1). **Balzac** – François Taillandier
557. (2). **Modigliani** – Christian Parisot
558. (3). **Kafka** – Gérard-Georges Lemaire
559. (4). **Júlio César** – Joël Schmidt
560. **Receitas da família** – J. A. Pinheiro Machado
561. **Boas maneiras à mesa** – Celia Ribeiro
562. (9). **Filhos sadios, pais felizes** – R. Pagnoncelli
563. (10). **Fatos & mitos** – Dr. Fernando Lucchese
564. **Ménage à trois** – Paula Taitelbaum
565. **Mulheres!** – David Coimbra
566. **Poemas de Álvaro de Campos** – Fernando Pessoa
567. **Medo e outras histórias** – Stefan Zweig
568. **Snoopy e sua turma (1)** – Schulz
569. **Piadas para sempre (1)** – Visconde da Casa Verde
570. **O alvo móvel** – Ross Macdonald
571. **O melhor do Recruta Zero (2)** – Mort Walker
572. **Um sonho americano** – Norman Mailer
573. **Os broncos também amam** – Angeli
574. **Crônica de um amor louco** – Bukowski
575. (5). **Freud** – René Major e Chantal Talagrand
576. (6). **Picasso** – Gilles Plazy
577. (7). **Gandhi** – Christine Jordis
578. **A tumba** – H. P. Lovecraft
579. **O príncipe e o mendigo** – Mark Twain
580. **Garfield, um charme de gato (7)** – Jim Davis

581. **Ilusões perdidas** – Balzac
582. **Esplendores e misérias das cortesãs** – Balzac
583. **Walter Ego** – Angeli
584. **Striptiras (1)** – Laerte
585. **Fagundes: um puxa-saco de mão cheia** – Laerte
586. **Depois do último trem** – Josué Guimarães
587. **Ricardo III** – Shakespeare
588. **Dona Anja** – Josué Guimarães
589. **24 horas na vida de uma mulher** – Stefan Zweig
591. **Mulher no escuro** – Dashiell Hammett
592. **No que acredito** – Bertrand Russell
593. **Odisseia (1): Telemaquia** – Homero
594. **O cavalo cego** – Josué Guimarães
595. **Henrique V** – Shakespeare
596. **Fabulário geral do delírio cotidiano** – Bukowski
597. **Tiros na noite 1: A mulher do bandido** – Dashiell Hammett
598. **Snoopy em Feliz Dia dos Namorados! (2)** – Schulz
600. **Crime e castigo** – Dostoiévski
601. **Mistério no Caribe** – Agatha Christie
602. **Odisseia (2): Regresso** – Homero
603. **Piadas para sempre (2)** – Visconde da Casa Verde
604. **À sombra do vulcão** – Malcolm Lowry
605. **(8).Kerouac** – Yves Buin
606. **E agora são cinzas** – Angeli
607. **As mil e uma noites** – Paulo Caruso
608. **Um assassino entre nós** – Ruth Rendell
609. **Crack-up** – F. Scott Fitzgerald
610. **Do amor** – Stendhal
611. **Cartas do Yage** – William Burroughs e Allen Ginsberg
612. **Striptiras (2)** – Laerte
613. **Henry & June** – Anaïs Nin
614. **A piscina mortal** – Ross Macdonald
615. **Geraldão (2)** – Glauco
616. **Tempo de delicadeza** – A. R. de Sant'Anna
617. **Tiros na noite 2: Medo de tiro** – Dashiell Hammett
618. **Snoopy em Assim é a vida, Charlie Brown! (3)** – Schulz
619. **1954 – Um tiro no coração** – Hélio Silva
620. **Sobre a inspiração poética (Íon)** e ... – Platão
621. **Garfield e seus amigos (8)** – Jim Davis
622. **Odisseia (3): Ítaca** – Homero
623. **A louca matança** – Chester Himes
624. **Factótum** – Bukowski
625. **Guerra e Paz: volume 1** – Tolstói
626. **Guerra e Paz: volume 2** – Tolstói
627. **Guerra e Paz: volume 3** – Tolstói
628. **Guerra e Paz: volume 4** – Tolstói
629. **(9).Shakespeare** – Claude Mourthé
630. **Bem está o que bem acaba** – Shakespeare
631. **O contrato social** – Rousseau
632. **Geração Beat** – Jack Kerouac
633. **Snoopy: É Natal! (4)** – Charles Schulz
634. **Testemunha da acusação** – Agatha Christie
635. **Um elefante no caos** – Millôr Fernandes
636. **Guia de leitura (100 autores que você precisa ler)** – Organização de Léa Masina
637. **Pistoleiros também mandam flores** – David Coimbra
638. **O prazer das palavras** – vol. 1 – Cláudio Moreno
639. **O prazer das palavras** – vol. 2 – Cláudio Moreno
640. **Novíssimo testamento: com Deus e o diabo, a dupla da criação** – Iotti
641. **Literatura Brasileira: modos de usar** – Luís Augusto Fischer
642. **Dicionário de Porto-Alegrês** – Luís A. Fischer
643. **Clô Dias & Noites** – Sérgio Jockymann
644. **Memorial de Isla Negra** – Pablo Neruda
645. **Um homem extraordinário e outras histórias** – Tchékhov
646. **Ana sem terra** – Alcy Cheuiche
647. **Adultérios** – Woody Allen
651. **Snoopy: Posso fazer uma pergunta, professora? (5)** – Charles Schulz
652. **(10).Luís XVI** – Bernard Vincent
653. **O mercador de Veneza** – Shakespeare
654. **Cancioneiro** – Fernando Pessoa
655. **Non-Stop** – Martha Medeiros
656. **Carpinteiros, levantem bem alto a cumeeira & Seymour, uma apresentação** – J.D.Salinger
657. **Ensaios céticos** – Bertrand Russell
658. **O melhor de Hagar 5** – Dik e Chris Browne
659. **Primeiro amor** – Ivan Turguêniev
660. **A trégua** – Mario Benedetti
661. **Um parque de diversões da cabeça** – Lawrence Ferlinghetti
662. **Aprendendo a viver** – Sêneca
663. **Garfield, um gato em apuros (9)** – Jim Davis
664. **Dilbert (1)** – Scott Adams
666. **A imaginação** – Jean-Paul Sartre
667. **O ladrão e os cães** – Naguib Mahfuz
669. **A volta do parafuso** *seguido de* **Daisy Miller** – Henry James
670. **Notas do subsolo** – Dostoiévski
671. **Abobrinhas da Brasilônia** – Glauco
672. **Geraldão (3)** – Glauco
673. **Piadas para sempre (3)** – Visconde da Casa Verde
674. **Duas viagens ao Brasil** – Hans Staden
676. **A arte da guerra** – Maquiavel
677. **Além do bem e do mal** – Nietzsche
678. **O coronel Chabert** *seguido de* **A mulher abandonada** – Balzac
679. **O sorriso de marfim** – Ross Macdonald
680. **100 receitas de pescados** – Sílvio Lancellotti
681. **O juiz e seu carrasco** – Friedrich Dürrenmatt
682. **Noites brancas** – Dostoiévski
683. **Quadras ao gosto popular** – Fernando Pessoa
685. **Kaos** – Millôr Fernandes
686. **A pele de onagro** – Balzac
687. **As ligações perigosas** – Choderlos de Laclos
689. **Os Lusíadas** – Luís Vaz de Camões
690. **(11).Átila** – Éric Deschodt
691. **Um jeito tranquilo de matar** – Chester Himes
692. **A felicidade conjugal** *seguido de* **O diabo** – Tolstói
693. **Viagem de um naturalista ao redor do mundo** – vol. 1 – Charles Darwin
694. **Viagem de um naturalista ao redor do mundo** – vol. 2 – Charles Darwin

695. **Memórias da casa dos mortos** – Dostoiévski
696. **A Celestina** – Fernando de Rojas
697. **Snoopy: Como você é azarado, Charlie Brown! (6)** – Charles Schulz
698. **Dez (quase) amores** – Claudia Tajes
699. **Poirot sempre espera** – Agatha Christie
701. **Apologia de Sócrates** *precedido de* **Êutifron** e *seguido de* **Críton** – Platão
702. **Wood & Stock** – Angeli
703. **Striptiras (3)** – Laerte
704. **Discurso sobre a origem e os fundamentos da desigualdade entre os homens** – Rousseau
705. **Os duelistas** – Joseph Conrad
706. **Dilbert (2)** – Scott Adams
707. **Viver e escrever (vol. 1)** – Edla van Steen
708. **Viver e escrever (vol. 2)** – Edla van Steen
709. **Viver e escrever (vol. 3)** – Edla van Steen
710. **A teia da aranha** – Agatha Christie
711. **O banquete** – Platão
712. **Os belos e malditos** – F. Scott Fitzgerald
713. **Libelo contra a arte moderna** – Salvador Dalí
714. **Akropolis** – Valerio Massimo Manfredi
715. **Devoradores de mortos** – Michael Crichton
716. **Sob o sol da Toscana** – Frances Mayes
717. **Batom na cueca** – Nani
718. **Vida dura** – Claudia Tajes
719. **Carne trêmula** – Ruth Rendell
720. **Cris, a fera** – David Coimbra
721. **O anticristo** – Nietzsche
722. **Como um romance** – Daniel Pennac
723. **Emboscada no Forte Bragg** – Tom Wolfe
724. **Assédio sexual** – Michael Crichton
725. **O espírito do Zen** – Alan W. Watts
726. **Um bonde chamado desejo** – Tennessee Williams
727. **Como gostais** *seguido de* **Conto de inverno** – Shakespeare
728. **Tratado sobre a tolerância** – Voltaire
729. **Snoopy: Doces ou travessuras? (7)** – Charles Schulz
730. **Cardápios do Anonymus Gourmet** – J.A. Pinheiro Machado
731. **100 receitas com lata** – J.A. Pinheiro Machado
732. **Conhece o Mário?** vol.2 – Santiago
733. **Dilbert (3)** – Scott Adams
734. **História de um louco amor** *seguido de* **Passado amor** – Horacio Quiroga
735. (11).**Sexo: muito prazer** – Laura Meyer da Silva
736. (12).**Para entender o adolescente** – Dr. Ronald Pagnoncelli
737. (13).**Desembarcando a tristeza** – Dr. Fernando Lucchese
738. **Poirot e o mistério da arca espanhola & outras histórias** – Agatha Christie
739. **A última legião** – Valerio Massimo Manfredi
740. **Sol nascente** – Michael Crichton
741. **Duzentos ladrões** – Dalton Trevisan
742. **Os devaneios do caminhante solitário** – Rousseau
743. **Garfield, o rei da preguiça (10)** – Jim Davis
744. **Os magnatas** – Charles R. Morris
745. **Pulp** – Charles Bukowski
746. **Enquanto agonizo** – William Faulkner
747. **Aline: viciada em sexo (3)** – Adão Iturrusgarai
748. **A dama do cachorrinho** – Anton Tchékhov

750. **Tito Andrônico** – Shakespeare
751. **Antologia poética** – Anna Akhmátova
752. **O melhor de Hagar 6** – Dik e Chris Browne
753. (12).**Michelangelo** – Nadine Sautel
754. **Dilbert (4)** – Scott Adams
755. **O jardim das cerejeiras** *seguido de* **Tio Vânia** – Tchékhov
756. **Geração Beat** – Claudio Willer
757. **Santos Dumont** – Alcy Cheuiche
758. **Budismo** – Claude B. Levenson
759. **Cleópatra** – Christian-Georges Schwentzel
760. **Revolução Francesa** – Frédéric Bluche, Stéphane Rials e Jean Tulard
761. **A crise de 1929** – Bernard Gazier
762. **Sigmund Freud** – Edson Sousa e Paulo Endo
763. **Império Romano** – Patrick Le Roux
764. **Cruzadas** – Cécile Morrisson
765. **O mistério do Trem Azul** – Agatha Christie
768. **Senso comum** – Thomas Paine
769. **O parque dos dinossauros** – Michael Crichton
770. **Trilogia da paixão** – Goethe
773. **Snoopy: No mundo da lua! (8)** – Charles Schulz
774. **Os Quatro Grandes** – Agatha Christie
775. **Um brinde de cianureto** – Agatha Christie
776. **Súplicas atendidas** – Truman Capote
779. **A viúva imortal** – Millôr Fernandes
780. **Cabala** – Roland Goetschel
781. **Capitalismo** – Claude Jessua
782. **Mitologia grega** – Pierre Grimal
783. **Economia: 100 palavras-chave** – Jean-Paul Betbèze
784. **Marxismo** – Henri Lefebvre
785. **Punição para a inocência** – Agatha Christie
786. **A extravagância do morto** – Agatha Christie
787. (13).**Cézanne** – Bernard Fauconnier
788. **A identidade Bourne** – Robert Ludlum
789. **Da tranquilidade da alma** – Sêneca
790. **Um artista da fome** *seguido de* **Na colônia penal e outras histórias** – Kafka
791. **Histórias de fantasmas** – Charles Dickens
796. **O Uraguai** – Basílio da Gama
797. **A mão misteriosa** – Agatha Christie
798. **Testemunha ocular do crime** – Agatha Christie
799. **Crepúsculo dos ídolos** – Friedrich Nietzsche
802. **O grande golpe** – Dashiell Hammett
803. **Humor barra pesada** – Nani
804. **Vinho** – Jean-François Gautier
805. **Egito Antigo** – Sophie Desplancques
806. (14).**Baudelaire** – Jean-Baptiste Baronian
807. **Caminho da sabedoria, caminho da paz** – Dalai Lama e Felizitas von Schönborn
808. **Senhor e servo e outras histórias** – Tolstói
809. **Os cadernos de Malte Laurids Brigge** – Rilke
810. **Dilbert (5)** – Scott Adams
811. **Big Sur** – Jack Kerouac
812. **Seguindo a correnteza** – Agatha Christie
813. **O álibi** – Sandra Brown
814. **Montanha-russa** – Martha Medeiros
815. **Coisas da vida** – Martha Medeiros
816. **A cantada infalível** *seguido de* **A mulher do centroavante** – David Coimbra
819. **Snoopy: Pausa para a soneca (9)** – Charles Schulz
820. **De pernas pro ar** – Eduardo Galeano

821. **Tragédias gregas** – Pascal Thiercy
822. **Existencialismo** – Jacques Colette
823. **Nietzsche** – Jean Granier
824. **Amar ou depender?** – Walter Riso
825. **Darmapada: A doutrina budista em versos**
826. **J'Accuse...! – a verdade em marcha** – Zola
827. **Os crimes ABC** – Agatha Christie
828. **Um gato entre os pombos** – Agatha Christie
831. **Dicionário de teatro** – Luiz Paulo Vasconcellos
832. **Cartas extraviadas** – Martha Medeiros
833. **A longa viagem de prazer** – J. J. Morosoli
834. **Receitas fáceis** – J. A. Pinheiro Machado
835.(14).**Mais fatos & mitos** – Dr. Fernando Lucchese
836.(15).**Boa viagem!** – Dr. Fernando Lucchese
837. **Aline: Finalmente nua!!! (4)** – Adão Iturrusgarai
838. **Mônica tem uma novidade!** – Mauricio de Sousa
839. **Cebolinha em apuros!** – Mauricio de Sousa
840. **Sócios no crime** – Agatha Christie
841. **Bocas do tempo** – Eduardo Galeano
842. **Orgulho e preconceito** – Jane Austen
843. **Impressionismo** – Dominique Lobstein
844. **Escrita chinesa** – Viviane Alleton
845. **Paris: uma história** – Yvan Combeau
846.(15).**Van Gogh** – David Haziot
848. **Portal do destino** – Agatha Christie
849. **O futuro de uma ilusão** – Freud
850. **O mal-estar na cultura** – Freud
853. **Um crime adormecido** – Agatha Christie
854. **Satori em Paris** – Jack Kerouac
855. **Medo e delírio em Las Vegas** – Hunter Thompson
856. **Um negócio fracassado e outros contos de humor** – Tchékhov
857. **Mônica está de férias!** – Mauricio de Sousa
858. **De quem é esse coelho?** – Mauricio de Sousa
860. **O mistério Sittaford** – Agatha Christie
861. **Manhã transfigurada** – L. A. de Assis Brasil
862. **Alexandre, o Grande** – Pierre Briant
863. **Jesus** – Charles Perrot
864. **Islã** – Paul Balta
865. **Guerra da Secessão** – Farid Ameur
866. **Um rio que vem da Grécia** – Cláudio Moreno
868. **Assassinato na casa do pastor** – Agatha Christie
869. **Manual do líder** – Napoleão Bonaparte
870.(16).**Billie Holiday** – Sylvia Fol
871. **Bidu arrasando!** – Mauricio de Sousa
872. **Os Sousa: Desventuras em família** – Mauricio de Sousa
874. **E no final a morte** – Agatha Christie
875. **Guia prático do Português correto – vol. 4** – Cláudio Moreno
876. **Dilbert (6)** – Scott Adams
877.(17).**Leonardo da Vinci** – Sophie Chauveau
878. **Bella Toscana** – Frances Mayes
879. **A arte da ficção** – David Lodge
880. **Striptiras (4)** – Laerte
881. **Skrotinhos** – Angeli
882. **Depois do funeral** – Agatha Christie
883. **Radicci 7** – Iotti
884. **Walden** – H. D. Thoreau
885. **Lincoln** – Allen C. Guelzo
886. **Primeira Guerra Mundial** – Michael Howard
887. **A linha de sombra** – Joseph Conrad
888. **O amor é um cão dos diabos** – Bukowski
890. **Despertar: uma vida de Buda** – Jack Kerouac
891.(18).**Albert Einstein** – Laurent Seksik
892. **Hell's Angels** – Hunter Thompson
893. **Ausência na primavera** – Agatha Christie
894. **Dilbert (7)** – Scott Adams
895. **Ao sul de lugar nenhum** – Bukowski
896. **Maquiavel** – Quentin Skinner
897. **Sócrates** – C.C.W. Taylor
899. **O Natal de Poirot** – Agatha Christie
900. **As veias abertas da América Latina** – Eduardo Galeano
901. **Snoopy: Sempre alerta! (10)** – Charles Schulz
902. **Chico Bento: Plantando confusão** – Mauricio de Sousa
903. **Penadinho: Quem é morto sempre aparece** – Mauricio de Sousa
904. **A vida sexual da mulher feia** – Claudia Tajes
905. **100 segredos de liquidificador** – José Antonio Pinheiro Machado
906. **Sexo muito prazer 2** – Laura Meyer da Silva
907. **Os nascimentos** – Eduardo Galeano
908. **As caras e as máscaras** – Eduardo Galeano
909. **O século do vento** – Eduardo Galeano
910. **Poirot perde uma cliente** – Agatha Christie
911. **Cérebro** – Michael O´Shea
912. **O escaravelho de ouro e outras histórias** – Edgar Allan Poe
913. **Piadas para sempre (4)** – Visconde da Casa Verde
914. **100 receitas de massas light** – Helena Tonetto
915.(19).**Oscar Wilde** – Daniel Salvatore Schiffer
916. **Uma breve história do mundo** – H. G. Wells
917. **A Casa do Penhasco** – Agatha Christie
919. **John M. Keynes** – Bernard Gazier
920.(20).**Virginia Woolf** – Alexandra Lemasson
921. **Peter e Wendy seguido de Peter Pan em Kensington Gardens** – J. M. Barrie
922. **Aline: numas de colegial (5)** – Adão Iturrusgarai
923. **Uma dose mortal** – Agatha Christie
924. **Os trabalhos de Hércules** – Agatha Christie
926. **Kant** – Roger Scruton
927. **A inocência do Padre Brown** – G.K. Chesterton
928. **Casa Velha** – Machado de Assis
929. **Marcas de nascença** – Nancy Huston
930. **Aulete de bolso**
931. **Hora Zero** – Agatha Christie
932. **Morte na Mesopotâmia** – Agatha Christie
934. **Nem te conto, João** – Dalton Trevisan
935. **As aventuras de Huckleberry Finn** – Mark Twain
936.(21).**Marilyn Monroe** – Anne Plantagenet
937. **China moderna** – Rana Mitter
938. **Dinossauros** – David Norman
939. **Louca por homem** – Claudia Tajes
940. **Amores de alto risco** – Walter Riso
941. **Jogo de damas** – David Coimbra
942. **Filha é filha** – Agatha Christie
943. **M ou N?** – Agatha Christie
945. **Bidu: diversão em dobro!** – Mauricio de Sousa
946. **Fogo** – Anaïs Nin
947. **Rum: diário de um jornalista bêbado** – Hunter Thompson
948. **Persuasão** – Jane Austen

949. **Lágrimas na chuva** – Sergio Faraco
950. **Mulheres** – Bukowski
951. **Um pressentimento funesto** – Agatha Christie
952. **Cartas na mesa** – Agatha Christie
954. **O lobo do mar** – Jack London
955. **Os gatos** – Patricia Highsmith
956(22).**Jesus** – Christiane Rancé
957. **História da medicina** – William Bynum
958. **O Morro dos Ventos Uivantes** – Emily Brontë
959. **A filosofia na era trágica dos gregos** – Nietzsche
960. **Os treze problemas** – Agatha Christie
961. **A massagista japonesa** – Moacyr Scliar
963. **Humor do miserê** – Nani
964. **Todo o mundo tem dúvida, inclusive você** – Édison de Oliveira
965. **A dama do Bar Nevada** – Sergio Faraco
969. **O psicopata americano** – Bret Easton Ellis
970. **Ensaios de amor** – Alain de Botton
971. **O grande Gatsby** – F. Scott Fitzgerald
972. **Por que não sou cristão** – Bertrand Russell
973. **A Casa Torta** – Agatha Christie
974. **Encontro com a morte** – Agatha Christie
975(23).**Rimbaud** – Jean-Baptiste Baronian
976. **Cartas na rua** – Bukowski
977. **Memória** – Jonathan K. Foster
978. **A abadia de Northanger** – Jane Austen
979. **As pernas de Úrsula** – Claudia Tajes
980. **Retrato inacabado** – Agatha Christie
981. **Solanin (1)** – Inio Asano
982. **Solanin (2)** – Inio Asano
983. **Aventuras de menino** – Mitsuru Adachi
984(16).**Fatos & mitos sobre sua alimentação** – Dr. Fernando Lucchese
985. **Teoria quântica** – John Polkinghorne
986. **O eterno marido** – Fiódor Dostoiévski
987. **Um safado em Dublin** – J. P. Donleavy
988. **Mirinha** – Dalton Trevisan
989. **Akhenaton e Nefertiti** – Carmen Seganfredo e A. S. Franchini
990. **On the Road – o manuscrito original** – Jack Kerouac
991. **Relatividade** – Russell Stannard
992. **Abaixo de zero** – Bret Easton Ellis
993(24).**Andy Warhol** – Mériam Korichi
995. **Os últimos casos de Miss Marple** – Agatha Christie
996. **Nico Demo: Aí vem encrenca** – Mauricio de Sousa
998. **Rousseau** – Robert Wokler
999. **Noite sem fim** – Agatha Christie
1000. **Diários de Andy Warhol (1)** – Editado por Pat Hackett
1001. **Diários de Andy Warhol (2)** – Editado por Pat Hackett
1002. **Cartier-Bresson: o olhar do século** – Pierre Assouline
1003. **As melhores histórias da mitologia: vol. 1** – A.S. Franchini e Carmen Seganfredo
1004. **As melhores histórias da mitologia: vol. 2** – A.S. Franchini e Carmen Seganfredo
1005. **Assassinato no beco** – Agatha Christie
1006. **Convite para um homicídio** – Agatha Christie
1008. **História da vida** – Michael J. Benton
1009. **Jung** – Anthony Stevens
1010. **Arsène Lupin, ladrão de casaca** – Maurice Leblanc
1011. **Dublinenses** – James Joyce
1012. **120 tirinhas da Turma da Mônica** – Mauricio de Sousa
1013. **Antologia poética** – Fernando Pessoa
1014. **A aventura de um cliente ilustre** *seguido de* **O último adeus de Sherlock Holmes** – Sir Arthur Conan Doyle
1015. **Cenas de Nova York** – Jack Kerouac
1016. **A corista** – Anton Tchékhov
1017. **O diabo** – Leon Tolstói
1018. **Fábulas chinesas** – Sérgio Capparelli e Márcia Schmaltz
1019. **O gato do Brasil** – Sir Arthur Conan Doyle
1020. **Missa do Galo** – Machado de Assis
1021. **O mistério de Marie Rogêt** – Edgar Allan Poe
1022. **A mulher mais linda da cidade** – Bukowski
1023. **O retrato** – Nicolai Gogol
1024. **O conflito** – Agatha Christie
1025. **Os primeiros casos de Poirot** – Agatha Christie
1027(25).**Beethoven** – Bernard Fauconnier
1028. **Platão** – Julia Annas
1029. **Cleo e Daniel** – Roberto Freire
1030. **Til** – José de Alencar
1031. **Viagens na minha terra** – Almeida Garrett
1032. **Profissões para mulheres e outros artigos feministas** – Virginia Woolf
1033. **Mrs. Dalloway** – Virginia Woolf
1034. **O cão da morte** – Agatha Christie
1035. **Tragédia em três atos** – Agatha Christie
1037. **O fantasma da Ópera** – Gaston Leroux
1038. **Evolução** – Brian e Deborah Charlesworth
1039. **Medida por medida** – Shakespeare
1040. **Razão e sentimento** – Jane Austen
1041. **A obra-prima ignorada** *seguido de* **Um episódio durante o Terror** – Balzac
1042. **A fugitiva** – Anaïs Nin
1043. **As grandes histórias da mitologia greco-romana** – A. S. Franchini
1044. **O corno de si mesmo & outras historietas** – Marquês de Sade
1045. **Da felicidade** *seguido de* **Da vida retirada** – Sêneca
1046. **O horror em Red Hook e outras histórias** – H. P. Lovecraft
1047. **Noite em claro** – Martha Medeiros
1048. **Poemas clássicos chineses** – Li Bai, Du Fu e Wang Wei
1049. **A terceira moça** – Agatha Christie
1050. **Um destino ignorado** – Agatha Christie
1051(26).**Buda** – Sophie Royer
1052. **Guerra Fria** – Robert J. McMahon
1053. **Simons's Cat: as aventuras de um gato travesso e comilão – vol. 1** – Simon Tofield
1054. **Simons's Cat: as aventuras de um gato travesso e comilão – vol. 2** – Simon Tofield
1055. **Só as mulheres e as baratas sobreviverão** – Claudia Tajes
1057. **Pré-história** – Chris Gosden
1058. **Pintou sujeira!** – Mauricio de Sousa
1059. **Contos de Mamãe Gansa** – Charles Perrault
1060. **A interpretação dos sonhos: vol. 1** – Freud
1061. **A interpretação dos sonhos: vol. 2** – Freud
1062. **Frufru Rataplã Dolores** – Dalton Trevisan
1063. **As melhores histórias da mitologia egípcia** – Carmem Seganfredo e A.S. Franchini

1064. **Infância. Adolescência. Juventude** – Tolstói
1065. **As consolações da filosofia** – Alain de Botton
1066. **Diários de Jack Kerouac – 1947-1954**
1067. **Revolução Francesa – vol. 1** – Max Gallo
1068. **Revolução Francesa – vol. 2** – Max Gallo
1069. **O detetive Parker Pyne** – Agatha Christie
1070. **Memórias do esquecimento** – Flávio Tavares
1071. **Drogas** – Leslie Iversen
1072. **Manual de ecologia (vol.2)** – J. Lutzenberger
1073. **Como andar no labirinto** – Affonso Romano de Sant'Anna
1074. **A orquídea e o serial killer** – Juremir Machado da Silva
1075. **Amor nos tempos de fúria** – Lawrence Ferlinghetti
1076. **A aventura do pudim de Natal** – Agatha Christie
1078. **Amores que matam** – Patricia Faur
1079. **Histórias de pescador** – Mauricio de Sousa
1080. **Pedaços de um caderno manchado de vinho** – Bukowski
1081. **A ferro e fogo: tempo de solidão (vol.1)** – Josué Guimarães
1082. **A ferro e fogo: tempo de guerra (vol.2)** – Josué Guimarães
1084.(17). **Desembarcando o Alzheimer** – Dr. Fernando Lucchese e Dra. Ana Hartmann
1085. **A maldição do espelho** – Agatha Christie
1086. **Uma breve história da filosofia** – Nigel Warburton
1088. **Heróis da História** – Will Durant
1089. **Concerto campestre** – L. A. de Assis Brasil
1090. **Morte nas nuvens** – Agatha Christie
1092. **Aventura em Bagdá** – Agatha Christie
1093. **O cavalo amarelo** – Agatha Christie
1094. **O método de interpretação dos sonhos** – Freud
1095. **Sonetos de amor e desamor** – Vários
1096. **120 tirinhas do Dilbert** – Scott Adams
1097. **200 fábulas de Esopo**
1098. **O curioso caso de Benjamin Button** – F. Scott Fitzgerald
1099. **Piadas para sempre: uma antologia para morrer de rir** – Visconde da Casa Verde
1100. **Hamlet (Mangá)** – Shakespeare
1101. **A arte da guerra (Mangá)** – Sun Tzu
1104. **As melhores histórias da Bíblia (vol.1)** – A. S. Franchini e Carmen Seganfredo
1105. **As melhores histórias da Bíblia (vol.2)** – A. S. Franchini e Carmen Seganfredo
1106. **Psicologia das massas e análise do eu** – Freud
1107. **Guerra Civil Espanhola** – Helen Graham
1108. **A autoestrada do sul e outras histórias** – Julio Cortázar
1109. **O mistério dos sete relógios** – Agatha Christie
1110. **Peanuts: Ninguém gosta de mim... (amor)** – Charles Schulz
1111. **Cadê o bolo?** – Mauricio de Sousa
1112. **O filósofo ignorante** – Voltaire
1113. **Totem e tabu** – Freud
1114. **Filosofia pré-socrática** – Catherine Osborne
1115. **Desejo de status** – Alain de Botton
1118. **Passageiro para Frankfurt** – Agatha Christie
1120. **Kill All Enemies** – Melvin Burgess
1121. **A morte da sra. McGinty** – Agatha Christie
1122. **Revolução Russa** – S. A. Smith
1123. **Até você, Capitu?** – Dalton Trevisan
1124. **O grande Gatsby (Mangá)** – F. S. Fitzgerald
1125. **Assim falou Zaratustra (Mangá)** – Nietzsche
1126. **Peanuts: É para isso que servem os amigos (amizade)** – Charles Schulz
1127.(27). **Nietzsche** – Dorian Astor
1128. **Bidu: Hora do banho** – Mauricio de Sousa
1129. **O melhor do Macanudo Taurino** – Santiago
1130. **Radicci 30 anos** – Iotti
1131. **Show de sabores** – J.A. Pinheiro Machado
1132. **O prazer das palavras** – vol. 3 – Cláudio Moreno
1133. **Morte na praia** – Agatha Christie
1134. **O fardo** – Agatha Christie
1135. **Manifesto do Partido Comunista (Mangá)** – Marx & Engels
1136. **A metamorfose (Mangá)** – Franz Kafka
1137. **Por que você não se casou... ainda** – Tracy McMillan
1138. **Textos autobiográficos** – Bukowski
1139. **A importância de ser prudente** – Oscar Wilde
1140. **Sobre a vontade na natureza** – Arthur Schopenhauer
1141. **Dilbert (8)** – Scott Adams
1142. **Entre dois amores** – Agatha Christie
1143. **Cipreste triste** – Agatha Christie
1144. **Alguém viu uma assombração?** – Mauricio de Sousa
1145. **Mandela** – Elleke Boehmer
1146. **Retrato do artista quando jovem** – James Joyce
1147. **Zadig ou o destino** – Voltaire
1148. **O contrato social (Mangá)** – J.-J. Rousseau
1149. **Garfield fenomenal** – Jim Davis
1150. **A queda da América** – Allen Ginsberg
1151. **Música na noite & outros ensaios** – Aldous Huxley
1152. **Poesias inéditas & Poemas dramáticos** – Fernando Pessoa
1153. **Peanuts: Felicidade é...** – Charles M. Schulz
1154. **Mate-me por favor** – Legs McNeil e Gillian McCain
1155. **Assassinato no Expresso Oriente** – Agatha Christie
1156. **Um punhado de centeio** – Agatha Christie
1157. **A interpretação dos sonhos (Mangá)** – Freud
1158. **Peanuts: Você não entende o sentido da vida** – Charles M. Schulz
1159. **A dinastia Rothschild** – Herbert R. Lottman
1160. **A Mansão Hollow** – Agatha Christie
1161. **Nas montanhas da loucura** – H.P. Lovecraft
1162.(28). **Napoleão Bonaparte** – Pascale Fautrier
1163. **Um corpo na biblioteca** – Agatha Christie
1164. **Inovação** – Mark Dodgson e David Gann
1165. **O que toda mulher deve saber sobre os homens: a afetividade masculina** – Walter Riso
1166. **O amor está no ar** – Mauricio de Sousa
1167. **Testemunha de acusação & outras histórias** – Agatha Christie
1168. **Etiqueta de bolso** – Celia Ribeiro
1169. **Poesia reunida (volume 3)** – Affonso Romano de Sant'Anna
1170. **Emma** – Jane Austen
1171. **Que seja em segredo** – Ana Miranda
1172. **Garfield sem apetite** – Jim Davis

1173. **Garfield: Foi mal...** – Jim Davis
1174. **Os irmãos Karamázov (Mangá)** – Dostoiévski
1175. **O Pequeno Príncipe** – Antoine de Saint-Exupéry
1176. **Peanuts: Ninguém mais tem o espírito aventureiro** – Charles M. Schulz
1177. **Assim falou Zaratustra** – Nietzsche
1178. **Morte no Nilo** – Agatha Christie
1179. **Ê, soneca boa** – Mauricio de Sousa
1180. **Garfield a todo o vapor** – Jim Davis
1181. **Em busca do tempo perdido (Mangá)** – Proust
1182. **Cai o pano: o último caso de Poirot** – Agatha Christie
1183. **Livro para colorir e relaxar** – Livro 1
1184. **Para colorir sem parar**
1185. **Os elefantes não esquecem** – Agatha Christie
1186. **Teoria da relatividade** – Albert Einstein
1187. **Compêndio da psicanálise** – Freud
1188. **Visões de Gerard** – Jack Kerouac
1189. **Fim de verão** – Mohiro Kitoh
1190. **Procurando diversão** – Mauricio de Sousa
1191. **E não sobrou nenhum e outras peças** – Agatha Christie
1192. **Ansiedade** – Daniel Freeman & Jason Freeman
1193. **Garfield: pausa para o almoço** – Jim Davis
1194. **Contos do dia e da noite** – Guy de Maupassant
1195. **O melhor de Hagar 7** – Dik Browne
1196. (29). **Lou Andreas-Salomé** – Dorian Astor
1197. (30). **Pasolini** – René de Ceccatty
1198. **O caso do Hotel Bertram** – Agatha Christie
1199. **Crônicas de motel** – Sam Shepard
1200. **Pequena filosofia da paz interior** – Catherine Rambert
1201. **Os sertões** – Euclides da Cunha
1202. **Treze à mesa** – Agatha Christie
1203. **Bíblia** – John Riches
1204. **Anjos** – David Albert Jones
1205. **As tirinhas do Guri de Uruguaiana 1** – Jair Kobe
1206. **Entre aspas (vol.1)** – Fernando Eichenberg
1207. **Escrita** – Andrew Robinson
1208. **O spleen de Paris: pequenos poemas em prosa** – Charles Baudelaire
1209. **Satíricon** – Petrônio
1210. **O avarento** – Molière
1211. **Queimando na água, afogando-se na chama** – Bukowski
1212. **Miscelânea septuagenária: contos e poemas** – Bukowski
1213. **Que filosofar é aprender a morrer e outros ensaios** – Montaigne
1214. **Da amizade e outros ensaios** – Montaigne
1215. **O medo à espreita e outras histórias** – H.P. Lovecraft
1216. **A obra de arte na era de sua reprodutibilidade técnica** – Walter Benjamin
1217. **Sobre a liberdade** – John Stuart Mill
1218. **O segredo de Chimneys** – Agatha Christie
1219. **Morte na rua Hickory** – Agatha Christie
1220. **Ulisses (Mangá)** – James Joyce
1221. **Ateísmo** – Julian Baggini
1222. **Os melhores contos de Katherine Mansfield** – Katherine Mansfield
1223. (31). **Martin Luther King** – Alain Foix
1224. **Millôr Definitivo: uma antologia de *A Bíblia do Caos*** – Millôr Fernandes
1225. **O Clube das Terças-Feiras e outras histórias** – Agatha Christie
1226. **Por que sou tão sábio** – Nietzsche
1227. **Sobre a mentira** – Platão
1228. **Sobre a leitura *seguido do* Depoimento de Céleste Albaret** – Proust
1229. **O homem do terno marrom** – Agatha Christie
1230. (32). **Jimi Hendrix** – Franck Médioni
1231. **Amor e amizade e outras histórias** – Jane Austen
1232. **Lady Susan, Os Watson e Sanditon** – Jane Austen
1233. **Uma breve história da ciência** – William Bynum
1234. **Macunaíma: o herói sem nenhum caráter** – Mário de Andrade
1235. **A máquina do tempo** – H.G. Wells
1236. **O homem invisível** – H.G. Wells
1237. **Os 36 estratagemas: manual secreto da arte da guerra** – Anônimo
1238. **A mina de ouro e outras histórias** – Agatha Christie
1239. **Pic** – Jack Kerouac
1240. **O habitante da escuridão e outros contos** – H.P. Lovecraft
1241. **O chamado de Cthulhu e outros contos** – H.P. Lovecraft
1242. **O melhor de Meu reino por um cavalo!** – Edição de Ivan Pinheiro Machado
1243. **A guerra dos mundos** – H.G. Wells
1244. **O caso da criada perfeita e outras histórias** – Agatha Christie
1245. **Morte por afogamento e outras histórias** – Agatha Christie
1246. **Assassinato no Comitê Central** – Manuel Vázquez Montalbán
1247. **O papai é pop** – Marcos Piangers
1248. **O papai é pop 2** – Marcos Piangers
1249. **A mamãe é rock** – Ana Cardoso
1250. **Paris boêmia** – Dan Franck
1251. **Paris libertária** – Dan Franck
1252. **Paris ocupada** – Dan Franck
1253. **Uma anedota infame** – Dostoiévski
1254. **O último dia de um condenado** – Victor Hugo
1255. **Nem só de caviar vive o homem** – J.M. Simmel
1256. **Amanhã é outro dia** – J.M. Simmel
1257. **Mulherzinhas** – Louisa May Alcott
1258. **Reforma Protestante** – Peter Marshall
1259. **História econômica global** – Robert C. Allen
1260. (33). **Che Guevara** – Alain Foix
1261. **Câncer** – Nicholas James
1262. **Akhenaton** – Agatha Christie
1263. **Aforismos para a sabedoria de vida** – Arthur Schopenhauer
1264. **Uma história do mundo** – David Coimbra
1265. **Ame e não sofra** – Walter Riso
1266. **Desapegue-se!** – Walter Riso
1267. **Os Sousa: Uma família do barulho** – Mauricio de Sousa

1268. **Nico Demo: O rei da travessura** – Mauricio de Sousa
1269. **Testemunha de acusação e outras peças** – Agatha Christie
1270(34). **Dostoiévski** – Virgil Tanase
1271. **O melhor de Hagar 8** – Dik Browne
1272. **O melhor de Hagar 9** – Dik Browne
1273. **O melhor de Hagar 10** – Dik e Chris Browne
1274. **Considerações sobre o governo representativo** – John Stuart Mill
1275. **O homem Moisés e a religião monoteísta** – Freud
1276. **Inibição, sintoma e medo** – Freud
1277. **Além do princípio de prazer** – Freud
1278. **O direito de dizer não!** – Walter Riso
1279. **A arte de ser flexível** – Walter Riso
1280. **Casados e descasados** – August Strindberg
1281. **Da Terra à Lua** – Júlio Verne
1282. **Minhas galerias e meus pintores** – Kahnweiler
1283. **A arte do romance** – Virginia Woolf
1284. **Teatro completo v. 1: As aves da noite** *seguido de* **O visitante** – Hilda Hilst
1285. **Teatro completo v. 2: O verdugo** *seguido de* **A morte do patriarca** – Hilda Hilst
1286. **Teatro completo v. 3: O rato no muro** *seguido de* **Auto da barca de Camiri** – Hilda Hilst
1287. **Teatro completo v. 4: A empresa** *seguido de* **O novo sistema** – Hilda Hilst
1289. **Fora de mim** – Martha Medeiros
1290. **Divã** – Martha Medeiros
1291. **Sobre a genealogia da moral: um escrito polêmico** – Nietzsche
1292. **A consciência de Zeno** – Italo Svevo
1293. **Células-tronco** – Jonathan Slack
1294. **O fim do ciúme e outros contos** – Proust
1295. **A jangada** – Júlio Verne
1296. **A ilha do dr. Moreau** – H.G. Wells
1297. **Ninho de fidalgos** – Ivan Turguêniev
1298. **Jane Eyre** – Charlotte Brontë
1299. **Sobre gatos** – Bukowski
1300. **Sobre o amor** – Bukowski
1301. **Escrever para não enlouquecer** – Bukowski
1302. **222 receitas** – J. A. Pinheiro Machado
1303. **Reinações de Narizinho** – Monteiro Lobato
1304. **O Saci** – Monteiro Lobato
1305. **Memórias da Emília** – Monteiro Lobato
1306. **O Picapau Amarelo** – Monteiro Lobato
1307. **A reforma da Natureza** – Monteiro Lobato
1308. **Fábulas** *seguido de* **Histórias diversas** – Monteiro Lobato
1309. **Aventuras de Hans Staden** – Monteiro Lobato
1310. **Peter Pan** – Monteiro Lobato
1311. **Dom Quixote das crianças** – Monteiro Lobato
1312. **O Minotauro** – Monteiro Lobato
1313. **Um quarto só seu** – Virginia Woolf
1314. **Sonetos** – Shakespeare
1315(35). **Thoreau** – Marie Berthoumieu e Laura El Makki
1316. **Teoria da arte** – Cynthia Freeland
1317. **A arte da prudência** – Baltasar Gracián
1318. **O louco** *seguido de* **Areia e espuma** – Khalil Gibran
1319. **O profeta** *seguido de* **O jardim do profeta** – Khalil Gibran
1320. **Jesus, o Filho do Homem** – Khalil Gibran
1321. **A luta** – Norman Mailer
1322. **Sobre o sofrimento do mundo e outros ensaios** – Schopenhauer
1323. **Epidemiologia** – Rodolfo Sacacci
1324. **Japão moderno** – Christopher Goto-Jones
1325. **A arte da meditação** – Matthieu Ricard
1326. **O adversário secreto** – Agatha Christie
1327. **Pollyanna** – Eleanor H. Porter
1328. **Espelhos** – Eduardo Galeano
1329. **A Vênus das peles** – Sacher-Masoch
1330. **O 18 de brumário de Luís Bonaparte** – Karl Marx
1331. **Um jogo para os vivos** – Patricia Highsmith
1332. **A tristeza pode esperar** – J.J. Camargo
1333. **Vinte poemas de amor e uma canção desesperada** – Pablo Neruda
1334. **Judaísmo** – Norman Solomon
1335. **Esquizofrenia** – Christopher Frith & Eve Johnstone
1336. **Seis personagens em busca de um autor** – Luigi Pirandello
1337. **A Fazenda dos Animais** – George Orwell
1338. **1984** – George Orwell
1339. **Ubu Rei** – Alfred Jarry
1340. **Sobre bêbados e bebidas** – Bukowski
1341. **Tempestade para os vivos e para os mortos** – Bukowski
1342. **Complicado** – Natsume Ono
1343. **Sobre o livre-arbítrio** – Schopenhauer
1344. **Uma breve história da literatura** – John Sutherland
1345. **Você fica tão sozinho às vezes que até faz sentido** – Bukowski
1346. **Um apartamento em Paris** – Guillaume Musso
1347. **Receitas fáceis e saborosas** – José Antonio Pinheiro Machado
1348. **Por que engordamos** – Gary Taubes
1349. **A fabulosa história do hospital** – Jean-Noël Fabiani
1350. **Voo noturno** *seguido de* **Terra dos homens** – Antoine de Saint-Exupéry
1351. **Doutor Sax** – Jack Kerouac
1352. **O livro do Tao e da virtude** – Lao-Tsé
1353. **Pista negra** – Antonio Manzini
1354. **A chave de vidro** – Dashiell Hammett
1355. **Martin Eden** – Jack London
1356. **Já te disse adeus, e agora, como te esqueço?** – Walter Riso
1357. **A viagem do descobrimento** – Eduardo Bueno
1358. **Náufragos, traficantes e degredados** – Eduardo Bueno
1359. **Retrato do Brasil** – Paulo Prado
1360. **Maravilhosamente imperfeito, escandalosamente feliz** – Walter Riso
1361. **É...** – Millôr Fernandes
1362. **Duas tábuas e uma paixão** – Millôr Fernandes
1363. **Selma e Sinatra** – Martha Medeiros
1364. **Tudo que eu queria te dizer** – Martha Medeiros
1365. **Várias histórias** – Machado de Assis

lepmeditores
www.lpm.com.br
o site que conta tudo

IMPRESSÃO:

PALLOTTI
GRÁFICA

Santa Maria - RS | Fone: (55) 3220.4500
www.graficapallotti.com.br